VACANCES AU CHALET MAUDIT

MURIEL ZÜRCHER

VACANCES AU CHALET MAUDIT

Illustrations :
Sébastien Pelon

DIDIER
JEUNESSE
Mon Marque-Page +

GENÈVE

CHAPITRE 1

Qui est Papy Hans ?

Si on avait posé la question à Gabriel et Emma trois heures auparavant, la réponse aurait été simple : un fantôme.

Depuis leur naissance, les jumeaux passent chaque été deux semaines de vacances à Genève chez leurs grands-parents à s'amuser au club de voile, à s'aventurer sous le jet d'eau du lac Léman et à voir des films au cinéma. Mais au fil de ces treize années, ils n'ont presque pas croisé Papy Hans. Sans les photos accrochées aux murs ou aimantées au frigo, sans les histoires que Mamie Margrit leur a racontées à son sujet, et sans les chaussures pointure 44 alignées sous le banc de l'entrée, ils auraient pu croire que Papy

Hans n'existait pas. Leur grand-père part tout l'été faire exploser des pans de montagne et de roche tout autour de la planète. C'est son métier, artificier.

Mais aujourd'hui, tout va changer.

Emma et Gabriel viennent d'arriver à la gare de Genève. Papy et Mamie sont là pour les accueillir sur le parking, debout à côté de leurs deux voitures. Après les embrassades, les jumeaux se dirigent spontanément vers celle de Mamie Margrit.

– Non, dit Papy Hans, mettez vos affaires dans mon coffre, vous venez avec moi.

Emma et Gabriel froncent les sourcils. Qu'est-ce que c'est que cette histoire ?

Face à leur air interrogateur, Mamie Margrit leur annonce en souriant :

– Les vacances vont être un peu différentes, cette année. Papy Hans a pris sa retraite, vous partez avec lui pour deux semaines !

Partir ? Pendant deux semaines ? Emma pousse un grand soupir et sa bouche reste ouverte sous le double effet de la surprise et de la déception. Elle n'arrive pas à croire que ses grands-parents lui fassent ce coup-là ! Dans moins de deux heures sont prévues les retrouvailles avec les potes du club de voile. L'année dernière, quelqu'un avait amené une enceinte. Ils avaient parlé, rigolé et plongé en écoutant de la musique. Aujourd'hui, ça devait être encore mieux ! Ils avaient tous répété un *flash mob*, chacun de son côté, pour impressionner le moniteur qu'ils adorent. Toutes ses copines vont bientôt monter sur le ponton pour danser, sauf qu'Emma ne sera pas avec elles pour en profiter.

– Allez, ne faites pas cette tête-là, les encourage Papy Hans, ce n'est pas tous les jours qu'on a l'occasion de partir à l'aventure.

La respiration de Gabriel s'accélère. Il n'a pas du tout envie de partir, et surtout pas à l'aventure. L'aventure, il déteste, alors que les vacances à Genève, il adore. Avec son copain Firmin, ils ont un gros projet de construction de robots en Lego Technic. Et il a déjà choisi les quatre nouveaux romans qu'il lira sur la plage, des histoires qui ont l'air géniales. Sans compter que la batterie de sa console s'est vidée dans le train et qu'il n'a même pas d'adaptateur pour la recharger sur une prise allume-cigare.

Un regard suffit aux jumeaux pour échanger leur avis : ni l'un ni l'autre n'ont envie de partir avec Papy. Mais ils ne vont tout de même pas s'isoler dans leur coin pour trouver des arguments qui leur éviteront le voyage ! Leurs grands-parents semblent tellement enthousiastes, ils n'osent pas briser cette joie en leur demandant de rester à Genève.

C'est alors qu'Olivia descend de la voiture de Mamie Margrit avec son inséparable vieille peluche pieuvre. Du haut de ses 6 ans, la cousine préférée (et la seule) de Gabriel et Emma s'était endormie sur le trajet vers la gare. Elle se jette dans leurs bras en hurlant son bonheur de les retrouver puis s'installe sur le rehausseur de la banquette arrière de Papy.

– C'est où qu'on va ?

– Mystère, répond Papy Hans, vous le saurez quand on arrivera !

CHAPITRE 2

Ils roulent, longtemps. Gabriel et Emma regardent par la fenêtre, essayant d'imaginer la destination vers laquelle leur grand-père les emmène. Pendant le trajet, ils longent un magasin devant lequel trône un Pinocchio géant, puis des vignes, des vignes, des vignes, un hôtel tout rond avec des escaliers en guirlande, des tunnels, des tournants, des tunnels, des tournants.

La voiture s'est engagée dans une vallée et ne cesse maintenant de grimper.

Les yeux écarquillés, Olivia observe les deux petits villages de chalets en bois foncé qui bordent la route, encadrés par les pentes des sommets environnants. Un peu plus loin, Papy Hans ralentit : un troupeau bloque la chaussée.

– Regardez comme ils sont drôles ! s'exclame-t-elle en observant les moutons blancs à tête noire. Ils ont des bouclettes, je veux les caresser !

– Tu vas en croiser d'autres, lui répond Papy Hans, tu verras.

Peu après, il serre le frein à main et coupe le moteur sur un parking.

– Et voilà, tout le monde descend !

Du haut de ses 6 ans, Olivia se tortille déjà pour détacher sa ceinture.

– J'ai été sage, hein ! Ils sont où, les moutons ? C'est là qu'on va goûter ?

– J'ai des gâteaux dans le coffre, répond Papy Hans, je vais les sortir.

Olivia ouvre la portière, ravie de découvrir que son grand-père n'a pas activé la sécurité enfants. Elle court sur le terre-plein qui sépare la voiture de la rangée de véhicules d'à côté. L'herbe est constellée de fleurs jaunes en forme de boule. La petite fille commence aussitôt à en faire un bouquet.

Dans la berline, il ne reste que Gabriel et Emma, figés. C'est donc ça, la surprise ? C'est ici que leur grand-père les emmène passer leurs vacances ? Tout au bout de la vallée du Lötschental, là où la route s'arrête face aux alpages et aux glaciers, là où il n'y a rien d'autre qu'un hôtel pour randonneurs ? Ici, ils ne connaissent personne !

– C'est beau, hein ! s'exclame Papy en ouvrant le coffre.

Ça, pour être beau, c'est beau ! Un paysage magnifique, presque magique à force d'être sublime, de quoi faire exploser les « J'aime » de n'importe quel Instagram sans même avoir besoin d'y ajouter un filtre.

Gabriel pianote sur son téléphone. Une discrète vibration fait trembler la poche du pantalon d'Emma. Elle consulte le texto que son frère vient de lui envoyer : « J'ai regardé sur Internet. Y a pas de piscine à l'hôtel :(»

Qu'est-ce qu'ils vont bien pouvoir faire pendant deux semaines ? se demande Emma. Marcher sur les sentiers jusqu'à avoir les pieds en sang, rentrer à l'hôtel, manger sagement au restaurant pendant des heures en se tenant bien, et tout recommencer. C'est peut-être des vacances de rêve pour son grand-père, mais pas pour eux !

– On fait quoi ? textote Gabriel. On tente une opération Pffff ?

La proposition arrache un sourire à Emma. C'est ensemble qu'ils ont mis au point la technique de l'« opération Pffff » pour affronter les situations pénibles comme les sorties où leurs parents les traînent visiter des musées de vieux peintres, faire un interminable shopping ou dîner avec des adultes qui s'écoutent parler. Elle consiste à râler, à soupirer et à critiquer, chacun son tour, sans laisser un seul moment de répit. Les parents ne tiennent jamais très longtemps : ils finissent par se résigner à ramener leurs jumeaux à la maison.

– OK pour l'opération Pffff, mais pas tout de suite, écrit Emma sur son téléphone, Papy Hans serait trop triste. Après-demain ?

L'émoji « Pouce levé » confirme l'accord de son frère.

Olivia surgit alors en courant et écrase son bouquet jaune sur le pantalon d'Emma.

Chapitre 2

– Tiens ! C'est pour toi, c'est pour plus que t'es triste.

Aussitôt, la jeune fille retrouve le sourire. Malgré toutes les bêtises que sa petite cousine est capable de faire, Emma l'adore. Elle est tellement craquante à vouloir lui remonter le moral !

– Regarde, s'exclame la jeune fille, t'as réussi à peindre mon jean en jaune, comme les humains préhistoriques qui dessinaient des tigres dans les grottes, t'es trop forte !

Plus fière qu'un candidat de « The Voice » qui aurait fait se retourner quatre fauteuils, Olivia repart compléter son bouquet.

– Je vais colorier toute la voiture, même qu'elle sera un soleil !

Emma l'encourage d'un hochement de tête, puis sort du véhicule et s'approche de Papy Hans. Leurs bagages ne s'étendent que sur la moitié du coffre. L'autre partie est occupée par d'étranges et volumineux sacs noirs. Ils ressemblent à ceux utilisés dans les films d'espionnage pour transporter des substances illicites, des billets ou des armes.

– Y a quoi, là-dedans ? demande-t-elle. Avoue, Papy, tu t'es reconverti dans le trafic de drogue ?

Papy Hans éclate de rire.

– Comment as-tu deviné ? C'est pour cela que j'avais besoin de vous : qui irait soupçonner un gentil papy en vacances avec ses petits-enfants ?

Il met enfin la main sur le sac dans lequel les parents d'Olivia ont préparé un en-cas. Au menu, minicakes fourrés à la confiture de fraise.

À son tour, Gabriel se décide à sortir de la voiture.

– On devrait goûter à l'hôtel plutôt que sur le parking.

– À l'hôtel ? s'étonne Papy. Mais on ne va pas à l'hôtel… Regardez, notre taxi arrive !

CHAPITRE 3

De concert, les jumeaux tournent la tête dans la direction que désigne leur grand-père.

S'est engagé sur le parking l'un de ces petits véhicules à plateforme, entre camionnette et tracteur, si répandus dans la vallée. Avec leurs quatre grosses roues motrices, ces engins sont aptes à rouler sur les chemins de montagne, même les moins carrossables.

Gabriel fronce les sourcils. Un véhicule tout-terrain, une montagne… Il aime les énigmes. Sa capacité d'observation et son sens logique font de lui un excellent détective. Mais pour une fois, il ne devine pas ce qui les attend. Avec une femme comme Mamie Margrit, qui milite pour défendre la planète,

Papy Hans ne peut pas être du genre à faire de la randonnée en brûlant du carburant !

Zuiiiiip ! Papy ouvre les fermetures Éclair des gros bagages noirs. Des tentes, des duvets, des sacs à dos, des cordes, un réchaud, des réserves de nourriture, des tenues imperméables… Il y a de quoi approvisionner tout un magasin de camping ! Il tend à chacun des jumeaux un couteau à manche de bois.

– Faites bien attention, je les ai aiguisés juste avant de partir, ils sont plus tranchants qu'un rasoir.

Aussitôt, Olivia s'arrête d'écraser les fleurs sur la carrosserie de la voiture pour se précipiter vers lui.

– Moi aussi, je veux un couteau déguisé !

– Bien sûr, répond Papy Hans, voici le tien.

La petite attrape le canif à bout rond qu'il lui tend.

– J'ai émoussé sa lame juste avant de partir, précise le grand-père, rien que pour toi !

Le sourire émerveillé d'Olivia vaut tous les mercis. Que la lame ne coupe presque pas importe peu. La voilà qui s'essaie déjà à cisailler les tiges des fleurs jaunes.

Chapitre 3

Pendant ce temps, la camionnette à plateforme s'est garée à côté de la voiture. Le chauffeur se présente, Markus, il habite Viler, un des villages qu'ils ont traversés en contrebas. Comme tout le monde ici, il s'exprime dans son dialecte suisse allemand, et Papy Hans lui répond de la même manière. Olivia et les jumeaux n'ont pas de mal à les comprendre : depuis leur naissance, leurs mères (les filles de Papy Hans) l'utilisent fréquemment tandis que leurs pères parlent le français.

– Va falloir charger si on veut arriver pas trop tard ! dit Markus. Il fait vite froid en montagne, et vous aurez besoin de temps pour installer votre camp.

« Votre camp » ? Une lueur de compréhension éclaire les yeux de Gabriel.

– On va dans les alpages ? On va vivre dans la montagne ?

– C'est ça ! confirme Papy Hans.

– Mais c'est génial ! s'écrie Emma.

Pour la première fois depuis le départ, Emma redevient elle-même, enthousiaste et bavarde, positive et rigolote. Un séjour en autonomie dans la montagne, ça lui plaît !

Elle sera la Robinson Crusoé des glaciers, la Mike Horn des sommets enneigés. Elle va apprendre à trouver à manger, à se laver dans les torrents, à soigner les marmottes blessées. Elle s'orientera grâce au soleil le jour, grâce aux étoiles la nuit. Elle aidera Gabriel à survivre en milieu hostile, parce qu'elle aime son frère bien sûr, mais surtout parce qu'il sera obligé d'accomplir toutes ses corvées pendant le reste des vacances pour la remercier. Et quand elle racontera ça à la rentrée, ses copines la surnommeront SurvivalEmma !

En quelques minutes, les jumeaux, Papy Hans et Markus transfèrent le matériel du coffre de la voiture vers la plateforme du 4 × 4. Au moment du départ, Papy Hans sort son téléphone pour envoyer une photo à Mamie Margrit. Gabriel ouvre de grands yeux ébahis devant l'appareil : c'est un modèle nouvelle génération, aux performances exceptionnelles, capable de capter le réseau même dans un bunker en béton armé, et construit grâce à des métaux rares recyclés.

– Qu'est-ce qu'il y a ? lui demande Papy Hans.

– Non, rien, c'est juste que t'as un super téléphone.

– Oui, et regarde, j'y ai mis une appli pour les vacances !

Il ouvre le GPS de randonnée et le manipule pour montrer aux jumeaux toutes ses fonctionnalités.

Une minute passe, puis deux, puis cinq. Emporté par son enthousiasme, Papy Hans ne s'arrête plus.

– Il a l'air de bien aimer son GPS, votre Opa, s'amuse Markus. Vous grimpez ?

Les trois cousins montent à bord du véhicule, en expliquant qu'ils appellent leur grand-père Papy, et non Opa comme les enfants le font ici. Mais rien de ce qu'ils disent ne distrait Papy Hans de son inventaire des fonctionnalités de son appli.

– Papy…

Les pouces du grand-père courent d'un menu à l'autre, alternent les écrans, modifient les réglages.

– Papy ?

Il n'entend pas. Les yeux brillants, Papy Hans continue à bercer son bébé de technologie.

– PAPY !

Papy Hans sursaute et comprend alors que tout le monde l'attend. Emma et Gabriel sont déjà assis à l'arrière du 4 × 4, directement sur la plateforme. Olivia est sur la banquette avant, à côté de Markus.

– Désolé, dit-il, je crois que je me suis emballé. Ils sont tellement géniaux, ces petits bijoux de technologie !

Il s'installe à son tour, près d'Olivia, et vérifie sa ceinture. Le véhicule démarre et se lance à l'assaut d'une piste de terre.

– Je savais pas que t'étais un geek, Papy ! s'exclame Emma.

– J'adore les nouvelles technologies, c'est mon péché mignon. Mais je vous rassure, je sais bien que ce n'est pas très bon pour la planète, alors je fais très attention sur le reste, histoire d'équilibrer mon empreinte carbone.

– Mais tu feras comment, là-haut, tu vas installer le wi-fi ? plaisante Gabriel. Ou t'as prévu une antenne satellite ?

À la grande surprise des jumeaux, leur grand-père leur répond d'un air sérieux.

– Quelque chose d'approchant, oui. Et vous allez voir que ce n'est qu'une toute petite partie du chantier qui nous attend !

Que de mystère ! Emma et Gabriel échangent un regard intrigué. Un chantier dans les alpages… Difficile d'imaginer à quoi cela peut bien ressembler !

CHAPITRE 4

Un chalet en ruine, voilà le projet de Papy Hans.

Gabriel se tient face aux restes du petit bâtiment : de courts poteaux de pierre qui surélèvent la construction pour lui éviter d'être ensevelie par la neige l'hiver, un plancher formé de grosses poutres et quelques rares lattes de bois qui sont toujours en place. Tout le reste s'est effondré : la charpente, le toit, le bardage.

– Pour remettre le chalet debout, il va falloir des matériaux, des outils, et des connaissances aussi. Est-ce que vous êtes prêts à relever le défi ? demande Papy Hans.

C'est vrai que le chantier est ambitieux, mais c'est justement ce qui motive Gabriel.

– Ça a l'air encore mieux que mon projet de robot ! s'exclame-t-il.

Il imagine déjà des stratégies pour fabriquer une grande bibliothèque avec une porte secrète et pour aménager des toilettes sèches sur le côté.

– On pourrait installer un tuyau qui capte l'eau du petit ruisseau d'au-dessus pour alimenter un évier dans le chalet ? dit-il pour clore ses propositions.

– Et si on filme en *time lapse*, ajoute Emma, on fera des millions de vues sur TikTok !

La nuit ne va pas tarder à tomber.

Markus les a aidés à porter à pied le matériel pendant la demi-heure de marche qui les sépare de la fin de la piste, puis il est redescendu.

Les jumeaux se lancent dans le montage des tentes.

– Puisque je te dis qu'il faut d'abord faire passer les tiges de l'armature ! s'exclame Gabriel tandis qu'Emma s'échine à positionner la base de la tente au sol.

– Mais non, on fixe d'abord, et on dresse seulement ensuite.

De chamailleries en protestations, ils finissent par achever le travail. Olivia s'approche, attrape la fermeture Éclair de la porte et… tout s'écroule !

Les jumeaux éclatent de rire. Ils ont beau se taquiner, ils adorent rigoler tous les deux ! Les voilà décidés à faire les choses bien. Ensemble, ils se mettent d'accord sur la manière de procéder et enchaînent les montages : une tente pour Olivia et eux, une pour le grand-père et une dernière dans laquelle on peut se tenir debout pour affronter les jours de pluie. L'ombre arrive, l'air se fait plus frais.

Emma a gonflé les matelas et déroulé les duvets, Papy Hans a installé un panneau solaire pour recharger les batteries de ses appareils. Olivia a veillé sur sa peluche pieuvre.

– À table ! s'écrie le grand-père.

Chacun prend son bol et sa cuillère. Olivia, Gabriel et Emma s'assoient en cercle autour de la lampe solaire posée par terre. Ils ont un peu l'impression de se retrouver près d'un feu, la chaleur en moins.

– Délice de céréales agrémenté de sa savoureuse sauce carmin, annonce Papy Hans.

Il sert de la semoule qu'il a cuite sur le réchaud et chaque cousin appuie sur le tube de concentré de tomate pour la parfumer.

– Hum ! Mais c'est super bon ! s'exclame Emma avec étonnement. Bravo, Papy, tu pourrais passer dans « Top Chef » !

– Je n'ai aucun mérite, répond le grand-père, tout est meilleur en altitude ! Demain, on cherchera des myrtilles pour le dessert.

– C'est qui, là-haut ? les interrompt Gabriel.

Tous les regards se tournent vers une silhouette qui se dessine sur le ciel un peu plus haut dans la montagne.

– Eh oh ! hurle une Olivia bondissante en faisant de grands gestes de bras.

À son tour, Emma se lève et agite sa main en guise de salut.

Durant quelques instants, la silhouette ne bouge pas. On pourrait croire qu'elle les observe. Puis elle recule, lentement, et finit par disparaître derrière un relief.

– C'est bizarre, s'étonne Gabriel, il nous a forcément entendus. On n'est quand même pas si loin ! Pourquoi il est reparti comme ça, sans rien dire, sans rien faire ? On n'apprend pas la politesse, ici ?

Emma fronce les sourcils.

– Pourquoi tu dis « il », c'était peut-être une fille ! Tu crois pas qu'une fille peut se balader toute seule dans la montagne ? La notion d'égalité fille-garçon, ça te parle ?

– Si c'est une fille, elle est très différente de toi. Blablabli, blablabla, t'es tellement bavarde que t'aurais jamais pu tenir ta langue. La notion de silence, ça te parle ?

Emma mime l'indignation, à grand renfort de grimaces, de soupirs et d'exclamations. Elle n'est pas dupe, son frère aime la taquiner et elle en fait autant dès qu'elle en a l'occasion. Ils font exprès de se provoquer. Tous les deux ont grandi entre bagarres et jeux, complicité et rivalité. Mais Olivia se met soudain à sangloter.

– Faut pas vous disputer. Pourquoi vous vous disputez ?

Aussitôt, les jumeaux se précipitent pour la consoler.

– Pleure pas, dit Emma, c'est pour de faux ! C'est comme un jeu, tu comprends. On s'amuse.

– Regarde, annonce Gabriel en déposant un bisou bruyant sur la joue de sa sœur, t'as vu comme on s'aime fort ?

Emma essuie son visage d'un air dégoûté très exagéré, puis elle se penche à son tour sur son frère pour l'embrasser. En soufflant contre sa joue, son bisou fait un long bruit de prout.

Olivia éclate de rire, et essaie elle aussi de sonoriser la soirée. Peu après, Papy Hans l'emmène par la main. Un brossage de dents dans l'eau glacée du ruisseau et il est temps pour elle d'aller dormir sous la tente avec sa peluche pieuvre.

Quand Papy Hans revient auprès des jumeaux, le ciel a pris une belle teinte rosée qui éclaire les glaciers.

Chapitre 4

– Quand est-ce que tu as acheté ce chalet? demande Gabriel.

– Je ne l'ai pas acheté, répond Papy Hans, il a été construit par un ancêtre il y a longtemps, et depuis il appartient à la famille, avec tous les alpages autour et même le glacier!

– Mais alors pourquoi on n'est jamais venus avant? s'étonne Emma.

– C'est une longue histoire. Une histoire de famille un peu triste.

Un silence s'invite dans la montagne. Emma resserre les pans de la veste que Papy Hans lui a achetée. Il fait froid.

– J'ai lu un livre, y a pas longtemps, *Le Secret des O'Reilly*. C'est aussi une histoire de famille avec un secret assez triste qui a tout gâché. Les secrets de famille, faut pas les laisser moisir, faut les raconter.

– Attendez-moi deux minutes.

Papy Hans va fouiller dans le sac de matériel qu'il a mis à l'abri sous la ruine du chalet. Il savait qu'en amenant ses petits-enfants ici, il parlerait du passé. Il s'y est préparé. Bientôt, une belle lumière éclaire son visage. Il revient, une grosse bougie à la main, et éteint la lampe à LED. La flamme danse dans la nuit, hypnotique. Les yeux fixés dessus, les jumeaux s'installent confortablement. Papy Hans commence à parler.

– Mon père et ma mère vivaient ici, j'y suis né moi aussi, mais je l'avais un peu oublié.

Gabriel est ému en écoutant la belle rencontre des parents de Papy Hans. Tous les deux habitaient la vallée, et c'est en allant sur un glacier porter secours à un alpiniste en détresse qu'ils se sont croisés pour la première fois. Elle, lumineuse et passionnée de montagne ; lui, généreux et toujours prêt à aider les autres. Leur petit Hans est né très vite après leur mariage. Leur vie était simple et heureuse.

– C'est trois ans plus tard qu'est arrivé le drame, dit Papy Hans.

Un caillou s'est détaché de la paroi alors que la mère de Papy Hans cueillait du génépi. Un caillou, pas plus gros qu'une orange, mais qui l'a frappée à la tête après être tombé sur plusieurs mètres de hauteur. Elle est morte sur le coup.

Chapitre 4

Le cœur serré, Emma pose sa main sur celle de son grand-père. Comme elle est triste qu'il ait perdu sa maman si jeune. Il n'était encore qu'un tout petit enfant !

– Mon père n'a pas pu rester ici. Tout lui rappelait ma mère : les montagnes où elle se promenait, les fleurs qu'elle cueillait, la maison qu'elle embellissait. Il est parti à la ville avec moi. Il n'est revenu que deux fois, pour enterrer son père et sa mère. Il n'évoquait jamais la vallée du Lötschental, même s'il me parlait dans le dialecte d'ici.

À son tour, Papy Hans pose sa main sur celle de Gabriel, qui est au bord des larmes.

– C'était il y a longtemps, tu sais. Je suis vieux, c'est de l'histoire ancienne.

– Mais pour moi, elle est nouvelle, répond le garçon.

Après un silence, Gabriel sort d'un moment de réflexion. Il a besoin de ça pour assimiler ce qu'on lui dit, besoin de temps pour tout digérer.

– C'est peut-être pour ça que tu es devenu artificier ?

– Comment ça ? s'étonne Papy Hans.

– Ton père détestait la montagne parce qu'elle a tué ta mère, et ton travail consiste justement à faire exploser des montagnes pour les découper en morceaux.

– Tiens… c'est vrai ! Je n'y avais jamais pensé.

Papy Hans fixe la lumière, mais ses yeux semblent regarder bien au-delà. Les jumeaux mesurent combien il leur a fait confiance en dévoilant son secret. Ils se sentent grands et respectent son besoin de silence. Après un long moment, le vieil homme fait claquer ses mains sur ses cuisses.

– Bon allez, fini les histoires du passé, il est temps d'aller se coucher. Demain, une grosse journée nous attend !

CHAPITRE 5

La montagne est si grande ! Olivia galope sur le sentier. Elle grimpe et grimpe encore, se retournant à peine lorsque Gabriel l'interpelle.

– Eh ! Pas si vite !

– Je vous attends là-haut, lui répond la petite fille.

Emma accélère le pas mais, comme Gabriel, elle est déjà essoufflée. Quand les jumeaux rattrapent enfin Olivia en haut de l'alpage, Gabriel sort sa gourde et des barres de céréales. L'exploration des environs attendra un petit peu. Les trois cousins s'assoient pour une pause bien méritée.

Ils mangent leurs vivres de course, le regard fixé sur le paysage majestueux qui s'offre à eux.

Sous le soleil, la montagne resplendit, tapissée de forêts et de pâturages. Les sommets poudrés de neiges éternelles, couverts de glaciers presque bleus à force d'être blancs scintillent sous l'assaut des rayons du soleil. Et il y a toute cette eau qui jaillit en torrents. Pourtant, la pente herbeuse qu'ils ont grimpée semble avoir souffert de la chaleur. De larges plaques ont jauni, certaines ont même perdu toute végétation.

– T'as vu les moutons ? demande Gabriel à Olivia en tendant le doigt vers une zone encore verte, un peu plus loin.

– Oui ! Je les vois ! Et Papy aussi, il est tout petit !

Cinq cents mètres plus bas, Papy Hans s'agite autour du chalet. Il prend les mesures pour préparer la liste des matériaux qu'il ira bientôt commander dans la vallée.

Alors qu'ils s'apprêtent à se remettre en route, une femme surgit sur le sentier. De loin, elle leur sourit, puis les salue quand elle les croise.

– Vous avez remarqué les oiseaux ? demande-t-elle. C'est un beau couple de gypaètes barbus.

Chapitre 5

Intrigués, les trois cousins lèvent la tête. Dans le ciel, les silhouettes de deux rapaces tournent silencieusement.

– Waouh ! s'exclame Olivia. Ils bougent comme des poissons sauf qu'ils sont pas dans le lac !

La femme éclate de rire.

– Bien vu, petite demoiselle ! dit-elle en souriant. Je m'appelle Carrie, je suis là pour observer les oiseaux : je suis ornithologue.

– C'est génial comme métier ! dit Emma. Vous connaissez tous les oiseaux du monde ?

– Presque ! Et vous, qu'est-ce que vous faites ici, vous êtes en vacances ?

Gabriel hésite une seconde à lui répondre. Ses parents lui ont suffisamment dit et répété de ne pas parler aux inconnus. Mais Olivia le devance en montrant du doigt le chalet en ruine.

– Nous, on va reconstruire un chalet avec notre Papy, même qu'il est là-bas !

– Super ! s'exclame Carrie.

– Eux, c'est mes cousins, ajoute Olivia, ils sont jumeaux.

– Des jumeaux, c'est sympa ! Je passerai vous voir, vous et votre grand-père : je voulais justement poser une caméra d'observation nature dans le coin.

Encore quelques mots, puis elle s'éloigne. Les jumeaux la regardent un court moment, songeant qu'ils aimeraient eux aussi connaître tous les oiseaux du monde, puis il est temps de se remettre en marche. Les trois cousins poursuivent leur exploration en s'écartant du sentier pour suivre le cours du ruisseau.

Emma galope en tête, Gabriel chemine derrière en donnant la main à Olivia, ou plutôt en essayant de donner la main à Olivia, qui ne cesse de la lâcher pour ramasser un caillou, cueillir une fleur, enfoncer son bras dans un terrier.

– Eh, venez voir !

La voix d'Emma leur fait accélérer le pas. Derrière une butte, Gabriel et Olivia découvrent sa trouvaille. Le méandre d'un ruisseau forme un petit bassin sur la rive. On dirait une piscine pour lutins.

Le pantalon et les chaussettes d'Emma volent sur le sol et la voilà debout dans l'eau.

– AAAAH ! Elle est trop froide, c'est horrible ! C'est tellement gelé que ça brûle la peau.

– Tu croyais quoi ? répond Gabriel en aidant Olivia, qui se débat avec les lacets de ses chaussures, c'est de l'eau qui vient directement du glacier.

Tous les trois marchent dans le bassin. Les pierres ne sont pas lissées par les flots comme dans les rivières de la vallée. Certaines, pourvues de vives arêtes, pourraient leur blesser les pieds. La prudence est de mise.

Emma éclabousse Gabriel, Olivia l'imite, Gabriel se venge, et bientôt tous les trois se laissent tomber dans l'herbe en riant. Leurs pieds rouges rappellent à Emma la consigne de Papy Hans. Elle sort la crème solaire de son sac à dos et commence à en passer une noisette sur la peau caramel d'Olivia. Le père de la petite fille est réunionnais et lui a transmis cette belle couleur. Emma se tartine à son tour. Sa peau est très blanche et elle attrape facilement des coups de soleil. Gabriel termine avec une grimace de dégoût. Il déteste quand la crème solaire colle sur les doigts !

Couchés sur le dos, les cousins regardent un long moment le vol gracieux des rapaces. Gabriel somnole tandis qu'Emma prend des photos et qu'Olivia joue à empiler des pierres plates au bord de l'eau. Une voix les fait soudain sursauter.

– Vous n'avez rien à faire là !

Un garçon a surgi de l'autre côté du ruisseau. Il semble avoir le même âge que les jumeaux et garde un visage fermé à l'ombre de sa casquette.

– Salut, répond Emma.

– Faut pas rester là, je vous dis.

– Pourquoi ? Y a un danger ? s'étonne Gabriel.

– Ouais, un gros danger : vous ! Tu vas faire quoi de tes photos ? demande l'inconnu en observant Emma. Les poster avec le petit hashtag qui va bien, c'est ça ? À cause de toi, dans deux jours, y aura des tas de gens qui viendront voir le joli petit coin de nature tout mignon. Et quand ils repartiront, il ne restera que de l'eau boueuse et des fleurs écrabouillées. Vous avez vu dans quel état est l'alpage ? Faut arrêter les dégâts, y en a déjà bien assez comme ça… Alors maintenant, vous dégagez ! Vous n'avez qu'à aller à la piscine municipale si vous voulez vous baigner.

CHAPITRE 6

Quel contraste avec la sérénité du moment passé à regarder le ciel ! Par sa seule présence, le garçon a électrisé l'ambiance. Et pas dans un sens de fête, plutôt dans une version de foudre et d'éclair.

– On se caaaaaaaaaalme, répond Emma en allongeant exagérément le mot pour se donner le temps de réfléchir à la manière de réagir. Pourquoi tu nous agresses comme ça, t'as un problème ?

– Mon problème, c'est que vous êtes chez moi ici.

– Erreur ! Le problème, c'est qu'on est chez nous, mais pas toi, rétorque Gabriel, on est venus avec notre grand…

D'un geste de la main, Emma l'interrompt. Elle n'a pas envie d'aller au conflit. C'est les vacances, le garçon est le seul jeune qu'ils aient croisé, et il y a peut-être une raison qu'ils ignorent pour qu'il soit énervé comme ça. Elle décide de lui donner une nouvelle chance.

– Moi c'est Emma et lui, c'est Gabriel, dit-elle en désignant son frère. Et notre cousine s'appelle…

Emma fouille les lieux du regard, à la recherche d'Olivia. Mais la petite fille a disparu.

– Elle est où, Olivia ?

L'inquiétude est palpable dans le ton de sa voix. Quand Papy Hans leur a demandé de veiller sur l'enfant, il les a bien alertés sur les dangers de la montagne.

– OLIVIA ! crie-t-elle les mains placées en porte-voix autour de sa bouche.

Gabriel a bondi sur ses pieds. Le garçon agressif grimpe déjà la petite colline qui surplombe le ruisseau.

– Venez, de là-haut on aura une vue à cent quatre-vingts degrés, on la repérera plus facilement !

– Là ! s'écrie Emma en désignant Olivia et un chien dévalant la pente en roulé-boulé. Elle est attaquée par un chien de berger !

Mais l'éclat de rire qui monte jusqu'à eux lui montre qu'elle s'est trompée. Sans cesser de s'esclaffer, Olivia s'assoit et tend ses bras pour serrer le cou du chien qui se tient debout devant elle.

– Il ne lui fera rien, dit le garçon, c'est mon chien.

D'un sifflement, il le rappelle. Mais l'animal redresse la tête dans sa direction sans bouger.

– Campeur, au pied !

– Il n'est pas très obéissant, remarque Gabriel alors que l'animal est toujours en bas.

– Si, mais là c'est différent. Y a la petite, il ne va pas la laisser toute seule. C'est son instinct de berger de ramener l'agneau vers le troupeau.

Comme s'il l'avait entendu, le chien donne un gentil coup de museau dans le cou d'Olivia pour l'inciter à se relever. Une fois debout, l'enfant attrape une poignée de poils de son dos et suit l'animal, qui la tracte. La complicité entre les deux est évidente.

– Z'avez vu, le chien c'est mon copain, s'exclame Olivia en rejoignant ses cousins, il jouait à m'empêcher de marcher, alors on a fait la bagarre pour de faux ! C'était trop bien.

– T'as pas le droit de t'éloigner, dit Emma. T'as disparu, on était super inquiets. Tu sais bien qu'il faut rester avec nous !

Sur le visage d'Olivia, la surprise laisse place au désarroi. Elle vient de comprendre qu'elle a fait une bêtise. Au bord des larmes, elle hoquette.

– J'ai pas fait exprès.

Gabriel et Emma s'agenouillent devant elle.

– Pleure pas pour ça. Tu recommenceras pas, et puis voilà. Allez, on va prendre en photo tes sculptures de cailloux.

Réjouie par cette perspective, Olivia retrouve le sourire et dévale la pente jusqu'au ruisseau, suivie par les jumeaux.

Quand Emma termine les photos, elle aperçoit le garçon et son chien déjà loin en train de marcher vers le sommet.

– Eh ! crie-t-elle. Tu t'appelles comment ?

Il se retourne, reste immobile un moment, puis se remet en route sans répondre.

– Merci pour ton chien ! hurle-t-elle.

Gabriel lui lance un regard étonné.

– Pourquoi tu lui parles ? Tu vois bien qu'il ne cherche pas à se faire des potes.

– Je suis sûre que c'est le même gars qu'hier soir, tu sais, la silhouette dans les alpages ! Tu trouves pas ça bizarre ? J'aimerais bien savoir ce qu'il fait là.

– Moi aussi ! Mais c'est pas le plus important.

– Et c'est quoi, le plus important ? demande Emma.

– C'est que la silhouette était celle d'un garçon et pas d'une fille, répond Gabriel, triomphant. J'avais raison et t'avais tort, comme d'habitude.

– Oh, ça va, tu pourrais pas nous la jouer modeste pour une fois ?

Gabriel s'écarte de quelques pas de sa sœur et répète en boucle « J'avais raison, j'avais raison, j'avais raison ». Elle tente de l'arrêter, de l'attraper pour le bâillonner, sans y parvenir. Ils finissent par éclater de rire, sous le regard réjoui d'Olivia.

CHAPITRE 7

Est-ce qu'on peut aménager une cuisine équipée en pleine montagne ? Presque ! De retour au chalet, les trois cousins s'extasient en découvrant le résultat d'un après-midi de labeur de Papy Hans.

– Waouh, c'est trop beau !

Avec les pierres de la ruine, il a bâti un muret en demi-cercle qu'il a recouvert d'une grande lauze, comme un couvercle. À l'intérieur est posé leur réchaud, bien à l'abri du vent. Un espace réservé entre les cailloux sert de garde-manger. Emma écarte une des vieilles planches qui ferment l'installation.

– Y a même un support pour le sac-poubelle !

– La prochaine étape, annonce Papy Hans, ce sera le four solaire. Mais j'aurai besoin de vous pour le fabriquer. Vous pouvez aller chercher de l'eau ? Je crois qu'on a une invitée pour le café !

– C'est Carrie ! s'écrie Olivia. C'est la nidologue !

– L'ornithologue, corrige Emma avant de raconter leur rencontre à son grand-père.

Les présentations sont bientôt faites. Papy Hans et Carrie boivent un bol de café soluble tandis que les cousins se sont préparé une mixture à base de lait concentré en tube et de chocolat en poudre.

– Est-ce que vous seriez d'accord pour que j'installe une caméra sur un des sapins, là ? demande Carrie en désignant le bosquet de pins qui borde le pré du chalet. Il y a des oiseaux qui nichent par ici, je voudrais pouvoir les observer.

– Vous pouvez, mais, avec les travaux, j'ai bien peur que les oiseaux ne restent pas.

– Des travaux ?

– Oui, j'ai prévu de retaper le chalet, ou plutôt de le reconstruire à l'identique.

– Mais vous êtes au courant pour… Je veux dire, vous n'êtes pas inquiet ?

Chapitre 7

Les sourcils froncés de Carrie alertent Emma et Gabriel. De quoi Papy Hans devrait-il avoir peur ?

– L'alpage est en train de mourir, explique l'ornithologue, les plantes crèvent sans que personne sache pourquoi. Les brebis maigrissent, maigrissent, maigrissent et elles finissent par mourir elles aussi. C'est peut-être l'eau, ou la terre, ou le réchauffement climatique. En tout cas, les gens d'ici ont déjà vendu la plupart des terrains à l'association des espaces naturels de montagne, un organisme qui gère toutes ces choses-là. Vous n'avez pas été contacté ?

– Si ! C'est comme ça que j'ai appris pour le chalet. Je ne savais même pas que j'en étais propriétaire ! Ça fait une belle surface, avec les terres d'estive et les glaciers. Et regardez ça, ajoute Papy Hans en désignant le paysage d'un grand mouvement de bras, le cadre est idéal pour passer les vacances avec ses petits-enfants.

Carrie hausse les épaules en grimaçant.

– Franchement, vous feriez mieux de prendre l'argent et d'aller vous faire construire une jolie maison de vacances avec piscine, ce serait plus sûr.

Allez, faut que je retourne travailler, merci pour le café ! Je reviendrai bientôt pour installer la caméra.

Après le départ de l'ornithologue, Emma et Gabriel charrient des pierres pour achever le coin cuisine. Le poids des roches dans leurs bras ne les empêche pas de discuter.

– Moi, j'ai pas envie d'une maison avec piscine, s'exclame Emma… Enfin si, j'adorerais, mais pas s'il faut renoncer au chalet.

– Ouais, je comprends, répond Gabriel, le souffle court.

– Ça te fait ça, toi ? poursuit Emma. Dans cette montagne, je me sens bien, comme si j'étais chez moi, comme si je connaissais cet endroit depuis longtemps. Le ruisseau, les arbres, les sommets, la neige un peu plus haut, tout me plaît !

Au même moment, Gabriel lâche la pierre qu'il porte à proximité du chalet puis repart avec sa sœur en chercher une autre.

– Je préférerais mille fois mieux reconstruire le chalet ici, avec mes idées, mes outils, mes goûts, plutôt que d'être obligé de rester sur le côté pendant que des gens couleront le béton d'une piscine !

Le soir venu, alors que les cousins dévorent leur bol de flocons d'avoine aux abricots séchés, Papy Hans allume la grosse bougie.

– Avec Mamie Margrit, on a assez d'économies pour retaper le chalet, mais bien sûr, il faudrait que ça vous plaise aussi, parce que c'est pour vous qu'on fait ça.

– Évidemment que ça nous plaît ! répond Emma.

– C'est grave bien, ici, ajoute Gabriel. On avait peur que tu veuilles tout abandonner !

Papy Hans éclate d'un gros rire de père Noël.

– Abandonner ? Ce n'est pas le genre de la famille ! Les racines familiales, ça ne se coupe pas facilement. Je vous ai raconté qu'un de vos ancêtres était dans la garde suisse pontificale ?

– C'est quoi ?

– Les gardes chargés de protéger le pape et le Vatican, à Rome. Ils ont un uniforme à rayures très amusant, orange et bleu, avec un pantalon bouffant. J'aurais adoré récupérer celui de mon arrière-grand-père. Mon père m'avait dit qu'il avait tout vendu. Finalement, ce n'était pas vrai, il avait gardé le chalet.

Songeur, il se tait et commence à observer le ciel.

– Regardez comme c'est beau, ici, même la nuit !

En l'absence de pollution lumineuse, les jumeaux aperçoivent quantité d'étoiles. Papy Hans leur montre la Grande Ourse et la planète Jupiter. Les paupières d'Olivia papillonnent. Les trois cousins sont bien fatigués après cette journée de plein air !

Dès qu'ils se glissent dans leur duvet, ils s'endorment, sereins.

Un bruit suspect les réveille au milieu de la nuit. Un vrombissement sourd, telle une colonie de frelons cherchant un espace à envahir.

– J'ai envie de faire pipi, chuchote Olivia.

– Attends, je sors en premier, dit Gabriel en faisant coulisser la fermeture Éclair de la tente.

Dehors, le son inconnu augmente encore en intensité.

– C'est quoi, ce boucan ?

Emma le suit, bientôt imitée par Olivia. La petite fille s'éloigne à la lumière de sa lampe de poche vers le sapin où Papy Hans a creusé un trou pour les toilettes.

Le bruit s'atténue peu à peu jusqu'à disparaître complètement, laissant le silence se répandre sur l'alpage.

Soudain, un hurlement de terreur arrache le cœur des jumeaux. C'est Olivia ! Elle est en danger !

Sans réfléchir, ils courent tous les deux dans la nuit, trébuchant sur les pierres affleurantes, glissant sur les touffes d'herbe humides. Lorsqu'ils atteignent Olivia, la petite a caché son visage derrière ses mains et gémit d'une peur panique.

– Qu'est-ce qu'il y a, Olivia ? Qu'est-ce qui s'est passé ?

Lentement, elle tend le bras vers le coin cuisine aménagé par Papy Hans, de l'autre côté du chalet. C'est à cet instant que les jumeaux aperçoivent la créature.

Un être immense, debout sur deux jambes, plus grand et plus massif qu'un ours. On distingue les fourrures qui lui couvrent le corps ainsi que son énorme tête et le bâton noueux qu'il tient à la main. Ses dents éparses grimacent un affreux sourire sardonique, ses yeux brillent méchamment comme s'ils avaient transformé l'innocent rayon de lune en un laser brûlant.

À leur tour, Emma et Gabriel hurlent de peur devant ce monstre malfaisant. Leur cri étouffe le bruit que fait Papy Hans lorsqu'il s'emmêle dans la toile de tente pour en sortir très vite. La créature recule, s'enfonçant peu à peu dans la nuit. Quand Papy Hans arrive enfin, elle a disparu.

CHAPITRE 8

Assis sur la plateforme à l'arrière du camion de Markus, les trois cousins tressautent au fil des soubresauts du véhicule. Ils roulent sur la piste qui les ramène de la montagne vers le parking de la vallée. Olivia rigole, heureuse de ce manège improvisé. Emma et Gabriel sont plutôt concentrés sur leur échange avec le chauffeur.

– Est-ce qu'il avait une cloche autour de la taille, ce monstre ?

– Il faisait nuit, on n'a pas bien vu, dit Emma. On voyait surtout son visage tout sombre avec ses yeux et ses dents horribles.

– Ça devait être un masque, affirme Markus, je pense que vous avez vu une tschäggättä.

Tandis qu'il conduit d'une main experte son engin tout-terrain, Markus explique la tradition de carnaval qui existe dans la vallée du Lötschental. Depuis des siècles, au mois de février, les hommes se déguisent en créatures monstrueuses, avec un masque en bois et des fourrures de bêtes : les tschäggättäs. À chaque bond, l'énorme cloche qu'ils portent autour de la taille fait résonner son gong grave et inquiétant.

– Avant, ils entraient dans les maisons pour y voler des choses, renverser les pots de cuisine, arracher les couvertures des lits. Ils traînaient aussi dans la rue pour enlever les jeunes filles. C'est ce qu'on raconte. Aujourd'hui, c'est du folklore. Mais attention ! On continue à fabriquer sa tenue soi-même, et quand on sculpte son masque, on y met son cœur et aussi son âme.

– Y a des règles pour le faire ? demande Emma en imaginant déjà la tête qu'elle pourrait donner à son masque.

– Juste les yeux : il faut sept centimètres d'écart pour voir quelque chose, sinon… on est aveugle !

Vous devriez passer au musée quand vous traverserez Kippel, vous verrez, y a plein de masques anciens.

Arrivés au parking, changement de véhicule : tout le monde grimpe dans la voiture de Papy Hans. Rendez-vous est pris avec Markus pour leur retour : quand ils auront terminé de faire leurs courses en ville, il les remontera vers le chalet.

Papy Hans fait démarrer le moteur, et c'est parti pour le bourg. Les premiers kilomètres, Emma, qui est assise à l'avant, relit la liste des matériaux à acheter. Son grand-père l'a notée dans un mémo de son téléphone, avec les mesures, les photos, tout ce qui pourra lui être utile au moment de confirmer sa commande. Des panneaux solaires pour charger les outils électriques jusqu'aux futures portes et fenêtres du chalet en passant par les poutres, les bardeaux, les clous et le poêle à bois, il a essayé de ne rien oublier.

– Comment on va monter tout ça au chalet ? demande Gabriel. On n'y arrivera jamais !

– C'est pour ça que j'ai prévu une livraison en hélico, répond Papy Hans. On achète ce qu'il y a sur la liste, ils nous emballent tout dans de grands filets spéciaux et ils nous déposeront ça après-demain, si la météo est bonne.

Emma applaudit dans la voiture.

– Génial ! On pourra faire un tour d'hélico ?

– Non, désolé, c'est seulement pour la livraison.

– C'est horriblement, affreusement, abominablement injuste ! proteste Emma. Pourquoi les clous et les vis ont le droit à un baptême de l'air alors que moi je dois rester par terre ?

Papy Hans éclate de rire devant la mimique dévastée de sa petite-fille.

– On ne t'a jamais suggéré de faire du théâtre ?

– Si ! C'est ce que Mamie Margrit me dit tout le temps.

– Et toi, ça te dirait, Gabriel ?

Gabriel ne répond pas à la question de son grand-père. Il est plongé dans une réflexion qui l'empêche de se concentrer sur la conversation. Cette histoire de tschäggättäs l'intrigue. Pourquoi quelqu'un revêtirait un déguisement censé être porté en février alors qu'on est en juillet ? Pourquoi au chalet ? Et pourquoi pile au moment où ils viennent de s'installer ?

Tout cela lui semble étrange. Avec la réaction agressive du garçon au chien, ça fait beaucoup d'animosité dirigée contre eux depuis leur arrivée. On dirait bien que quelqu'un tente de les effrayer. Il partage son inquiétude avec Emma.

– T'as peut-être raison. Mais ça servirait à quoi de nous faire peur ? demande la sœur de Gabriel.

– J'en sais rien. À nous faire fuir ?

– C'est pas comme si on gênait quelqu'un. Y a personne là-haut !

Très vite, leur raisonnement tourne en rond et ils se mettent d'accord sur un plan : attendre et voir.

Des tunnels, des tournants, encore des tunnels et des tournants, et enfin ils atteignent la petite ville. Papy Hans leur propose de se séparer en deux équipes : Olivia et lui pour le magasin de bricolage, les jumeaux pour faire les courses alimentaires.

Les disputes ne manquent pas entre le frère et la sœur pour choisir le fromage, les gâteaux, les yaourts.

Même la marque des pastilles de désinfection de l'eau est source d'un débat acharné ! Le passage en caisse terminé, Emma et Gabriel sortent pour attendre leur grand-père.

– Ce serait pas Carrie, là-bas ? demande Gabriel en désignant une femme un peu plus loin sur le parking.

Emma fronce les sourcils. C'est vrai que la femme ressemble physiquement à l'ornithologue de leur alpage, mais en même temps son allure en est très éloignée ! Chaussée d'escarpins à talon aiguille, sanglée dans un tailleur jupe cintré, les lunettes de soleil relevées sur la tête, appuyée contre un énorme 4 × 4 diesel qui n'a visiblement jamais mis une roue en dehors du macadam, cette femme est bien différente de la Carrie qu'ils connaissent et de sa tenue de randonneuse.

– Tu restes avec les sacs ? Je vais voir, dit Emma, intriguée.

Gabriel n'a pas le temps de protester que sa sœur marche déjà en direction de la femme énigmatique. Celle-ci leur a tourné le dos, et parle d'une voix forte au téléphone.

Emma s'approche, mais la femme monte dans le 4 × 4 et s'en va sans la remarquer.

– Alors ? demande Gabriel quand sa sœur revient sur ses pas.

– Je suis pas complètement sûre que c'était elle. Sa voix était bizarre, comme si elle était énervée, limite méchante.

– Elle disait quoi ?

– Que des trucs bizarres. Y avait quelque chose comme : « Ça va demander du temps ! » et aussi « On va quand même pas faire ça tout de suite, y a des enfants là-bas ! » À la fin, j'ai très bien entendu, elle a dit : « Mais on fait quoi alors ? »

Gabriel se répète les phrases plusieurs fois, comme s'il voulait les apprendre par cœur. Il a besoin de réfléchir.

– La voiture a une plaque du canton de Berne, dit-il, alors que Carrie nous a dit qu'elle vivait à Zurich.

– Oui. Quelque chose n'est pas clair dans cette histoire.

Gabriel approuve la conclusion de sa sœur d'un hochement de tête. Emma a raison, il y a quelque chose de louche, il le sent.

La voiture de Papy Hans, qui arrive sur le parking, interrompt leurs réflexions. Avec de grands signes des bras, ils manifestent leur présence pour qu'il les repère facilement.

Le retour se fait dans le calme. Papy Hans grimpe à l'assaut de la montagne, enchaînant les tunnels, une oreille à l'écoute de la radio. Fatigués, les trois cousins se sont endormis. Ils en profitent, comme s'ils savaient déjà que la sérénité de leur sommeil ne durerait pas longtemps…

CHAPITRE 9

Le lendemain matin, priorité aux travaux. Papy Hans a besoin d'aide pour aménager l'aire de dépose de l'hélico. Emma et Gabriel sont chargés de rapporter des pierres pour tracer le cercle que le pilote pourra repérer du ciel. Comme leur grand-père en a déjà ramassé beaucoup pour construire la cuisine, les jumeaux doivent s'éloigner du chalet pour les trouver.

De son côté, Papy Hans transporte les pierres les plus lourdes grâce à une ingénieuse brouette mécanisée qu'il a achetée la veille.

Le soleil est au rendez-vous, le tube de crème de protection se vide, les gourdes d'eau aussi. L'ombre des oiseaux de proie passe et repasse sur le sol.

Peu avant midi, Papy Hans décrète la pause, le travail de la matinée est terminé.

– Quelqu'un a vu Olivia ? demande-t-il aux jumeaux. Elle jouait vers les terriers des marmottes, mais elle n'y est plus.

– Oh non, ça recommence ! s'écrie Emma. Elle a déjà fait le coup hier, elle a disparu avec le chien d'un gars quand on était au bord du ruisseau.

– Elle s'est sauvée ?

En prononçant ces mots, Papy Hans devient très pâle. La peur qu'il soit arrivé quelque chose à la petite fille a saisi son cœur en tenailles. Heureusement, la voix de l'enfant résonne de l'autre côté du bosquet de pins.

– Hue ! Plus vite, cheval ! Au galop !

Papy Hans et les jumeaux se précipitent et découvrent Olivia guidant le chien comme on conduit un attelage, sa corde à sauter en guise de rênes. Le maître du chien, le garçon rencontré la veille, s'amuse de la joie partagée entre l'enfant et l'animal. Mais dès qu'il aperçoit Papy Hans, il se rembrunit et ordonne aussitôt à son chien de s'arrêter.

– Eh ! J'ai pas dit stop ! proteste Olivia.

Ce n'est qu'à cet instant qu'elle aperçoit son grand-père et ses cousins. Elle court dans leur direction.

– Tu veux manger avec nous ? propose Papy Hans au garçon, qui a déjà fait demi-tour.

D'un geste, il décline l'invitation.

– Ou alors viens ce soir, poursuit le grand-père, on va allumer un feu, on a des marshmallows à griller.

Cette fois, le garçon ne prend même pas le soin de répondre. Son chien à ses côtés, il grimpe le sentier à grandes enjambées rapides, comme si un train l'attendait au sommet du glacier.

Curieux d'en apprendre plus sur le garçon mystérieux, les jumeaux profitent des préparatifs du repas pour interroger Olivia. La petite leur délivre les informations au fil de leurs questions, dans le désordre. Il est gentil. Son chien, c'est Campeur. Il galope trop bien.

– Ça, on le savait déjà ! dit Gabriel. Comment tu l'as croisé ?

– C'est à la chasse à la marmotte. Elles sifflaient loin et lui, il m'a dit qu'il fallait rentrer, et même que

Campeur, il pourrait faire le cheval. C'est David qu'il s'appelle.

Les jumeaux n'en apprennent pas plus, ni sur la raison pour laquelle David passe ses journées dans la montagne, ni sur l'endroit où il vit, ni sur la cause de son comportement malpoli avec eux.

CHAPITRE 10

Le repas terminé, la vaisselle achevée, Gabriel grimace en regardant ses mains brillantes de crème. Les consignes de Papy Hans sont claires : pour monter voir la bergère et son troupeau, il faut d'abord s'enduire de protection solaire. Il déteste ça ! Il a beau essuyer ses paumes sur ses bras, sur ses jambes, il a l'impression que ses doigts vont rester collés jusqu'au soir.

Mais Papy Hans, Emma et Olivia ont déjà pris un peu d'avance sur le sentier qui grimpe aux alpages, alors Gabriel termine son tartinage et les rattrape.

Les voilà bientôt noyés au milieu du troupeau. Les moutons sont magnifiques ! Leurs longs poils blancs en torsade leur donnent l'allure de bêtes sortant de chez le toiletteur, tandis que le noir de leur tête, de leurs oreilles et de leurs sabots évoque un genre de panda. La bergère appelle son chien et fait signe à ses visiteurs d'approcher.

– C'est vous qui campez près du chalet ? demande la jeune femme. C'est sympa de venir me voir !

Rapidement, les présentations sont faites. Julia a tout juste terminé ses études, c'est sa première saison de bergère. Elle les invite à s'asseoir sur les troncs d'arbres couchés qui lui servent de bancs devant la bergerie. Papy Hans parle de la livraison à venir le lendemain.

– L'hélico devrait arriver en début de matinée, quand la brume sera levée. Il restera en vol stationnaire au-dessus du chalet, mais je voulais vous prévenir : le bruit pourrait effrayer les moutons.

– C'est gentil, merci, je les emmènerai de l'autre côté. C'est déjà assez dur comme ça pour les bêtes. Vous voulez un bout de fromage ?

Elle disparaît dans la bergerie pour en ressortir quelques minutes après avec une planche sur laquelle sont disposés des tranches de pain, des morceaux de fromage de brebis et des petits verres de lait.

– Désolée, je devrais vous offrir un café ou un thé, mais je n'ai que ça, malheureusement.

– Alors passez nous voir au chalet, on a du café en poudre… Ce n'est pas la grande gastronomie, mais c'est toujours mieux que rien !

Olivia grignote un bout de pain puis se lasse de la conversation et joue à imiter les moutons en marchant à quatre pattes.

– Pourquoi vous dites que c'est dur pour les bêtes ? demande Gabriel.

Julia pousse un long soupir.

– Vous avez vu l'état de l'alpage ? Il y a très peu d'herbe, et même quand j'emmène mes moutons là où il en reste, certains tombent malades. C'est la troisième année que ça se passe comme ça. Avant, tout le monde envoyait ses bêtes en estive. Y avait même un système de bâtons à encoches pour limiter le nombre de bêtes. Mais maintenant… beaucoup d'éleveurs ont vendu leur troupeau. Les gens ont cédé leurs terres à une association nature-machin-quelque chose.

– J'en ai entendu parler, dit Papy Hans, c'est même comme ça que j'ai su pour le chalet : j'ai reçu une offre d'achat de leur part alors que j'ignorais que j'en étais propriétaire !

Emma regarde le troupeau de moutons, dont les cloches bercent leurs échanges. Son cœur se serre à l'idée que toutes ces bêtes pourraient manquer de nourriture ou même tomber malades.

– Est-ce qu'on sait d'où viennent les problèmes ? demande-t-elle.

– Déséquilibre de l'écosystème, pluies acides… personne ne sait vraiment. Ici, on parle surtout d'une légende.

Alors que Julia commence à conter cette histoire, Olivia se rapproche et s'installe sur les genoux de Papy Hans.

– On raconte que le pâturage est maudit, que le diable y vient la nuit pour traire les vaches et les brebis et qu'il arrose la terre avec leur lait. On dit que c'est pour ça qu'il faut fuir, avant que le diable s'en prenne à nous. Mais je ne vais quand même pas abandonner mes bêtes !

Un court silence s'installe devant la bergerie tandis que Julia chasse la tristesse qui l'a submergée.

– Vous avez déjà fait connaissance avec David ? demande-t-elle aux jumeaux. Un garçon de votre âge qui traîne souvent par ici.

– On l'a croisé, répond Gabriel, mais on n'a pas discuté.

– Ses parents étaient éleveurs ici. Ils ont vendu le troupeau et ils déménagent en ville à la fin de l'été. Pauvre David… la montagne, c'est tout pour lui ! Quel gâchis…

Un frisson parcourt Gabriel. Il était prêt à détester David, mais ce qu'il vient de découvrir l'incite à le voir autrement. Comme ça doit être dur d'abandonner sa maison, ses copains, son univers pour vivre dans un endroit inconnu. Pas étonnant que le garçon soit si désagréable !

– Oh, regardez la buse ! s'exclame Julia.

Tout le monde tourne la tête. L'un des oiseaux de proie que les jumeaux se sont habitués à voir dans le ciel plonge en piqué vers le sol, attrape une bestiole et remonte en quelques coups d'ailes.

– C'est pas une buse, précise Emma, c'est un gypaète barbu.

– Pas du tout ! Les gypaètes sont des vautours qui mangent les os : ils les lâchent au-dessus des pierriers pour les briser et ils se posent ensuite pour en dévorer les morceaux. Ça, c'est une buse : elle attrape des petites bêtes bien vivantes.

– Mais c'est l'ornithologue qui nous l'a dit, proteste Emma.

– Alors elle a vraiment besoin de lunettes. Le gypaète est beaucoup plus gros, il n'y en a plus par ici. Allez, qui veut encore un morceau de fromage ?

Tandis que le plateau tourne parmi eux, les jumeaux échangent un regard. Sous prétexte d'aller voir les moutons de plus près, ils s'isolent à quelques mètres de la bergerie pour discuter.

– C'est louche, dit Gabriel.

– Très louche, confirme Emma.

– Tu penses ce que je pense ?

– Non ! C'est toi qui penses ce que je pense.

Ils tombent très vite d'accord sur la conclusion de cette visite : il y a quelque chose d'inquiétant chez cette ornithologue incapable de reconnaître un oiseau et qui se déguise en femme d'affaires une fois arrivée en ville. Mais si Carrie n'est pas ornithologue, que fait-elle ici ? Et pourquoi a-t-elle menti ?

– Il faut qu'on découvre la vérité ! s'écrie Emma.

Juste avant de quitter la bergerie, elle pose une nouvelle question à Julia.

– Vous avez déjà entendu un bruit bizarre, la nuit ? Comme une espèce de vrombissement.

– Mais oui ! Ça arrive plusieurs fois par semaine. Au début, je sortais systématiquement, mais je n'ai jamais réussi à voir ce que c'était. En tout cas, ça ne doit pas être dangereux sinon mon chien aurait donné l'alerte et les moutons auraient paniqué.

– Et les tschäggättäs, vous en avez déjà vu ? demande Gabriel.

Julia lève les mains au ciel, comme un suspect qui se rend à la police.

– Stop, stop ! N'en rajoutez pas ! Les tschäggättäs, j'en ai pas vu, et ça me va très bien comme ça !

CHAPITRE 11

Quand les jumeaux se réveillent le lendemain matin, Olivia et Papy Hans sont déjà debout depuis un moment. Après la soirée marshmallows grillés de la veille, la nuit a été longue, et le sommeil profond. Emma a bien entendu l'étrange vrombissement retentir au-dessus de la tente vers 3 ou 4 heures, mais avant qu'elle trouve le courage de sortir de son duvet, le bruit s'était éloigné.

Le ciel est dégagé, les sommets étonnamment nets. Papy Hans les désigne du doigt.

– Il va y avoir de l'orage.

– Comment tu sais ? demande Emma.

– Quand les montagnes sont aussi nettes, c'est que le tonnerre n'est pas loin. Dans trois heures, ça va claquer.

Impressionnée par ses connaissances de la montagne, Emma hoche la tête. Papy Hans lui fait un clin d'œil en sortant son smartphone de sa poche.

– L'appli météo m'a un tout petit peu aidé à affiner mes prévisions !

Gabriel éclate de rire et se moque gentiment de sa sœur. Cette dernière se venge en dévorant la fin du paquet de céréales au chocolat. Mais bientôt, leurs chamailleries sont oubliées : l'hélicoptère arrive.

Quel spectacle ! Le bruit est énorme, le souffle des pales secoue toute la végétation alentour. Une femme descend de l'appareil, hélitreuillée par son collègue resté dans l'habitacle.

– Salut, je suis la mécanicienne opératrice de vol ! s'exclame-t-elle tandis que l'hélicoptère part chercher la première livraison. C'est moi qui m'occupe de votre dépose. Super, le tarmac que vous avez préparé !

Quand le bruit du moteur se fait à nouveau entendre, on distingue dans le ciel le gros filet attaché sous l'appareil. La mécanicienne vérifie que ses consignes ont été respectées : Papy Hans porte Olivia dans les bras, et se tient à distance avec les jumeaux.

Puis à l'aide de signes de la main et d'échanges radio, elle guide son collègue pour déposer la livraison.

Gabriel admire la dextérité du pilote. Le filet atterrit en douceur pile au milieu de la piste. La femme se précipite pour détacher le filin, et le fixer à son baudrier. Le treuil la remonte dans l'hélicoptère, et c'est reparti !

Toute la matinée, l'appareil fait des rotations et enchaîne les dépôts de matériaux de Papy Hans. Peu à peu, le ciel s'emplit de nuages, la lumière du jour se voile.

Au dernier passage, après l'hélitreuillage au sol de la mécanicienne, un coup de vent empêche l'hélicoptère de rester en vol stationnaire au-dessus du chalet. Son chargement attaché au bout du câble oscille dangereusement.

– Il va s'éloigner quelques minutes, le temps que ça se calme, annonce-t-elle. Heureusement qu'on n'a plus que celui-là, l'orage arrive, on ne pourra bientôt plus voler !

En attendant, elle discute avec Papy Hans.

– J'ai entendu parler de vous, vous savez ! Je suis de la vallée, mon grand-père m'a dit qu'il était en classe avec votre père quand ils étaient petits. Les gens ont été surpris de vous voir débarquer. Avec tout ce qui se passe sur l'alpage, vous êtes bien le seul à venir vous installer ici.

– J'ignorais tout ça, répond Papy Hans, je voulais montrer cet endroit à mes petits-enfants.

Comme la mécanicienne l'avait annoncé, l'engin revient peu de temps après. Une fois tous les matériaux livrés, elle adresse un salut de la main, remonte dans l'hélicoptère, qui disparaît très vite en direction de la vallée.

La montagne a retrouvé son calme. Les matériaux occupent toute l'aire d'atterrissage que les jumeaux et leur grand-père ont marquée au sol. Les énormes poutres sont impressionnantes.

– Il faut de gros arbres pour en faire des comme ça ! dit Papy Hans en les désignant du doigt.

Une bourrasque s'abat sur l'alpage.

– Vite, c'est le vent de la pluie ! Il faut qu'on trouve les bâches et qu'on recouvre tout ce qui supporterait mal l'averse.

Emma l'aide à fouiller les grands sacs qui contiennent les petits objets comme la visserie ou les outils. Gabriel surveille Olivia.

Il donne un coup de main pour déployer les bâches de protection par-dessus le tas de matériaux. Olivia apporte sa contribution en disposant des cailloux tout autour pour les empêcher de s'envoler.

Quand ils terminent le travail, les premières gouttes de pluie se mettent à tomber.

– Ouf, juste à temps ! s'exclame Papy Hans.

Tout le monde se précipite vers la tente haute plantée à côté des deux tentes basses où ils dorment. Jusque-là, ils n'avaient pas eu besoin de s'y abriter pour manger, mais aujourd'hui ils n'ont pas le choix.

Le repas est joyeux. Il faut parler fort pour réussir à s'entendre ! Malgré le bruit de la pluie qui tambourine sur la toile, Papy Hans est d'excellente humeur.

– Cette fois, ça y est, c'est du concret ! On a tout ce qu'il faut pour remettre le chalet sur pied ! J'appellerai Markus tout à l'heure pour lui annoncer qu'il peut venir travailler demain matin.

Son bonheur réjouit les jumeaux. Il y a encore quelques jours, ils ne connaissaient pas vraiment leur grand-père et ce qu'ils découvrent de lui leur plaît beaucoup !

– Avant, on croyait que t'étais toujours stressé ! s'étonne Emma.

– Je l'étais ! Il faut dire que j'acceptais tous les chantiers d'été pour gagner plus d'argent, je croyais que c'était ça, l'important.

– Et tu as changé d'avis ?

– Il y a eu cette lettre d'une association qui proposait de m'acheter le chalet et les terres. Ça m'a fait comme un choc. J'ai repensé à mon père, j'ai eu envie de découvrir d'où venait ma famille, même si le courrier précisait qu'il ne restait que des ruines. C'est là que j'ai compris que c'était vous, l'important : vous, mes petits-enfants.

Chapitre 11

Papy Hans serre Gabriel, Emma et Olivia dans ses bras, jusqu'à ce que cette dernière proteste :

– Eh ! Tu fais mal !

Aussitôt, le grand-père desserre son étreinte en souriant.

– Et si on faisait une partie de cartes ? Je connais un super jeu que je pourrais vous…

Il s'interrompt et tend l'oreille. Les jumeaux le regardent, interloqués.

– Vous n'avez rien entendu ? leur demande Papy Hans.

À leur tour, Gabriel et Emma se concentrent. Au milieu du vacarme de la pluie et du vent, ils discernent un appel. Quelqu'un hurle dans la montagne, mais cela semble venir de si loin ! Papy Hans et les jumeaux n'en décryptent que quelques mots :

– À l'aide !

CHAPITRE 12

Branle-bas de combat ! Papy Hans fouille dans l'un des gros sacs noirs qu'il transportait dans la voiture et en sort des cordes, des baudriers et des vestes de pluie.

– Tenez ! dit-il en les distribuant. J'espère que je ne me suis pas trompé de taille quand je les ai achetées.

Emma aide Olivia à enfiler la sienne et à zipper la fermeture Éclair. Avec sa capuche rabattue, on ne voit même plus la tête de la petite fille ! Papy Hans nage dans un modèle trop grand. Les tenues des jumeaux sont parfaites.

– C'est imperméable ? demande Gabriel.

– Le vendeur m'a dit qu'avec ça on pouvait passer sous une cascade sans être mouillé !

– De toute façon, on va vite le savoir, dit Emma en ouvrant la porte de la tente.

Les quatre silhouettes encapuchonnées sortent de l'abri. Pendant quelques secondes, elles restent immobiles jusqu'à ce qu'un nouveau cri de détresse les aide à s'orienter.

– Ça vient de là-haut ! hurle Papy Hans.

Les uns derrière les autres, ils avancent. Emma a pris la tête, suivie de Gabriel. Papy Hans ferme la marche, veillant à ce qu'Olivia ne glisse pas. Plusieurs fois, ils s'arrêtent, hésitant sur la direction. Emma reconnaît à peine le sentier qu'ils ont emprunté lors de leur première balade. La pluie le ravine, les nuages se sont accumulés, le jour ressemble à une nuit éclairée par la lune.

C'est en débouchant sur le bassin où ils avaient trempé leurs pieds que les jumeaux découvrent un effrayant spectacle.

Le torrent, devenu fou, a tout submergé : le bassin, les rives, les pierres plates qui permettent de le traverser. Il n'y a plus qu'un déluge d'eau bouillonnante. Au milieu, David est debout, en tee-shirt, son chien dans les bras. Réfugié sur un rocher, il est prisonnier de cette île minuscule. Tout autour de lui, les flots se déversent, emportant tout sur leur passage. L'eau continue de monter, l'écume blanche et mousseuse lui lèche déjà les pieds.

– On n'a pas le temps d'appeler les secours ! hurle Papy Hans pour couvrir le fracas du torrent.

– Faut lui envoyer la corde ! s'époumone Emma.

Papy Hans a ouvert son sac à dos. Il déroule la corde qu'il a emportée, s'approche du bord, et d'un large geste du bras tente de l'envoyer vers David. C'est un échec. Sa veste, trop grande, a entravé son mouvement. Emma se précipite.

– Attends, je vais essayer.

Elle enroule quelques boucles de corde dans sa main comme elle l'a appris au club de voile, et propulse l'ensemble vers le rocher. Cette fois, la corde atteint son objectif. David attrape son extrémité, y exécute un gros nœud qu'il coince dans une faille de la roche.

Papy Hans observe les préparatifs, le visage inquiet.

– Il ne va pas y arriver, pas avec son chien dans les bras.

Il retire sa veste de pluie, noue ses manches autour de la corde et demande à Gabriel de remonter en haut de la pente pour aider la veste à glisser le long du filin. Bientôt, David peut la dénouer et la récupérer. En resserrant la base de la veste grâce à son cordon, il la transforme en sac dans lequel il installe Campeur. Puis, il enfile les deux manches et attache la veste sur sa poitrine. Ainsi paré, ses deux mains sont libres, il porte son chien dans son dos.

Pendant ce temps, Gabriel arrime l'autre bout de la corde tendue à l'aide d'un des solides nœuds de marin qu'il connaît.

Tout est prêt. David se risque alors à quitter son rocher, son bras droit plié par-dessus la corde, qu'il serre contre son corps pour garder l'équilibre. Sa main gauche agrippe le filin et l'aide à se tracter pour avancer malgré la puissance du courant.

Le cœur battant, les trois cousins et leur grand-père observent la lente progression du garçon. David marche à très petits pas, luttant pour se maintenir debout. Quel soulagement quand ils peuvent enfin lui tendre la main pour le tirer à l'abri sur la rive !

Les premiers mots de David sont pour son chien.

– Aidez-moi à libérer Campeur !

Ses doigts gelés ont du mal à manipuler la fermeture Éclair. Emma dégage le haut de la veste, Papy Hans dénoue le cordon. Le chien va bien. David le serre dans ses bras. Sa peur a été si grande, il a encore des difficultés à se convaincre qu'ils sont sauvés.

Combien de fois a-t-il dit merci ? Dix, plus peut-être. Sous la tente haute près du chalet, David récupère doucement de l'aventure qu'il a vécue.

Gabriel lui a prêté des vêtements. Campeur, le poil presque sec, est couché à ses pieds. Le téléphone avec lequel David a appelé et rassuré ses parents est posé au sol.

Papy Hans a préparé de l'eau chaude. Avec du lait concentré et du chocolat en poudre, il obtient une boisson réconfortante que les enfants sirotent à petites gorgées.

– Tu n'as pas à nous remercier, répond Papy Hans, tu aurais fait pareil à notre place. Et je crois savoir que tu as déjà empêché notre petite Olivia de se perdre par deux fois ! C'est nous qui devons te remercier.

– Je suis désolé d'avoir été si désagréable avec vous. Je vois bien que vous êtes des gens bien, mais il fallait que je vous dégoûte de rester ici.

– Pourquoi ? demande Emma.

– Je pensais qu'une fois le chalet debout vous alliez le louer, qu'il y aurait des touristes, du monde. Si trop de gens piétinent le sol, il va mourir pour de bon. Je veux pas d'un désert ici. La montagne, c'est chez moi, c'est en moi. Je ne sais pas comment dire ça avec des mots.

Touchés, Emma et Gabriel lui offrent un regard de compassion. Ils le comprennent. Même si les jumeaux viennent de découvrir la belle vallée où leur grand-père a passé ses premières années, ils y sont déjà très attachés.

Le téléphone sonne. Quand Papy Hans raccroche, il leur annonce la nouvelle : Markus ne viendra que le surlendemain, il y a trop de dégâts à réparer dans la vallée à cause de l'orage.

– Alors demain, c'est vacances ? demande Emma.

– Exactement !

– Si vous voulez, on pourrait se faire une balade ensemble, je vous montrerai les endroits que les touristes ne connaissent pas, propose David.

Olivia pousse un cri de joie.

– Youhou ! On va aller voir des marmottes !

Les jumeaux ne disent pas un mot, mais leurs yeux brillants parlent pour eux : ce programme avec leur nouvel ami les met en joie.

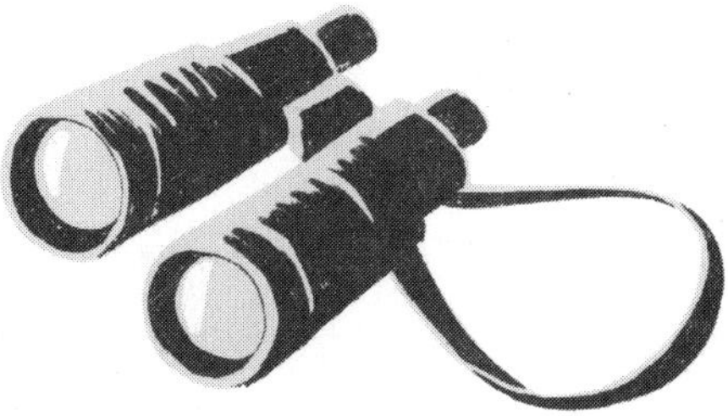

CHAPITRE 13

Qui peut croire que, la veille encore, un orage torrentiel s'abattait sur la montagne ? David et Campeur, complètement remis de leurs émotions, sont passés chercher les cousins au chalet dès le matin. Depuis, ils enchaînent les découvertes.

Au fil de leur ascension vers le glacier, David leur montre comment apaiser les piqûres d'ortie en écrasant du plantain sur la brûlure. Il raconte à Olivia la légende du dahu, cet animal mythique aux pattes plus courtes d'un côté que de l'autre, condamné à courir éternellement à flanc de montagne.

Les trois cousins, David et Campeur atteignent la neige en milieu de matinée.

– Faut faire attention, dit David. Un glacier, c'est vivant, ça bouge tout le temps. Y a des crevasses qui s'ouvrent, y en a d'autres qui se referment, y a des morceaux qui se détachent, c'est dangereux. Mais là où je vous emmène, il n'y a aucun risque.

Il les guide, longeant le bord de neige, enjambant les mille ruisseaux de glace fondue, et s'arrête à côté d'un grand névé. Sur cette étendue neigeuse, la surface est blanche et râpeuse.

– La luge d'été, vous connaissez ?

Les amis grimpent en haut du névé. Ils nouent les manches de leur veste de pluie autour de la taille et s'assoient sur le tissu synthétique. Emma, David et Gabriel, qui tient Olivia, se lancent dans la pente.

Les voilà qui filent sur la neige, à toute allure. Les talons de leurs chaussures détachent des flocons qui forment les mêmes traînées blanches que celles striant le ciel derrière les avions. La montagne s'anime de leurs cris de joie.

– Youhou !

– Dégageeeeeeez le passaaaaaage !

À peine arrivés en bas, ils repartent. Leurs luges improvisées glissent superbement. Les uns et les autres s'arrêtent parfois en roulé-boulé pour mieux se positionner et finir de dévaler la piste.

Les éclats de rire se mêlent au crissement de la neige. Quel bonheur !

Après la luge vient une nouvelle expérience, lancée par David. Il leur montre comment dévaler la pente en ramasse, debout genoux pliés, un bâton de marche tenu sur le côté pour s'équilibrer.

Olivia n'y parvient pas, tombe, s'énerve, aussitôt calmée par David. Il lui propose une course de luge en équipe contre les jumeaux, qui continuent à s'entraîner à la ramasse.

Bientôt, les quatre amis se posent essoufflés sur le sol sec et herbu au bord du névé. Qu'importent le short trempé et les chaussettes dégoulinantes d'eau glacée, ils se sont bien amusés !

Les barres de céréales que Gabriel a apportées sont vite englouties. En face, les montagnes tout de vert et de blanc resplendissent.

– C'est beau ici, dit David, en sortant une paire de jumelles de son sac.

C'est beau, oui, il n'y a pas d'autre mot que celui si simple de « beauté » pour qualifier la vue incroyable qui s'offre à eux. Elle crée une émotion plus puissante que pourra jamais procurer une photo.

Les jumelles passent de main en main, à la recherche de chamois, de bouquetins. Peu à peu, la boue récoltée en bas du névé commence à sécher sur leurs vêtements.

– On pourrait aller se laver au petit bassin du ruisseau, propose Gabriel.

– Moi je veux pas. Les cailloux, ils piquent les pieds ! proteste Olivia.

– On n'a qu'à l'aménager : on met des pierres toutes plates et toutes lisses au fond, et ça nous fera un coin détente.

Tous les trois se tournent vers David. Comment oublier sa réaction la première fois qu'ils se sont croisés là-bas ? Il voulait les chasser.

Face aux regards qui l'interrogent, David pousse un soupir en souriant.

– Bon d'accord, mais pas de photo sur les réseaux, et on change pas le cours du ruisseau pour ne pas bousculer l'écosystème.

Aussitôt décidé, aussitôt engagé !

Les quatre amis rejoignent le sentier qui mène au ruisseau pour mettre en œuvre leur projet. Heureusement qu'ils ont prévu un pique-nique, car c'est un long travail que de paver leur piscine naturelle !

Emma et David portent les pierres, Gabriel les positionne au fond de l'eau. Quant à Olivia, elle est chargée du contrôle qualité.

Au retour au chalet, Papy Hans sert le dîner à ses trois petits-enfants, épuisés.

– Vous tombez de sommeil, on dirait ! Je crois que vous allez faire une bonne nuit !

Mais Papy Hans s'est trompé. Alors que tout le monde dort dans le campement, les herbes sèches crissent sous des pas. Le soleil ne devrait pas se lever avant deux ou trois heures, et pourtant une minuscule lumière éclaire la nuit, une flamme.

Trois quarts d'heure après, les jumeaux et Olivia sont réveillés en sursaut par Papy Hans. Il ouvre brutalement la fermeture Éclair de la tente et ordonne :

– Sortez tout de suite.

Son ton est calme et, pourtant, les trois enfants comprennent qu'il y a quelque chose de grave. En quittant la tente, ils découvrent la raison de l'urgence.

Un feu immense est en train de brûler juste à côté.

Papy Hans entraîne ses trois petits-enfants en hauteur, à l'abri, là où le vent ne rabattra pas la fumée.

De là-haut, ils assistent au désastre, impuissants. Le feu dévore les matériaux apportés par l'hélicoptère, lèche les poutres, avale les sacs d'outils. L'énorme brasier s'étend jusqu'aux sapins. Pétrifiés devant ce désastre, les jumeaux, impuissants, observent la catastrophe se dérouler sous leurs yeux. Olivia pleure, elle voudrait retourner chercher sa peluche pieuvre dans la tente. Papy Hans la tient serrée contre lui, murmurant comme s'il se parlait à lui-même :

– Ça va aller, ma chérie, ça va aller.

Peu à peu, le feu diminue en puissance. L'herbe d'alpage ne suffit plus à l'alimenter. Quand il s'éteint, les dégâts sont énormes. Tout est brûlé, il n'a épargné que les tentes et le chalet.

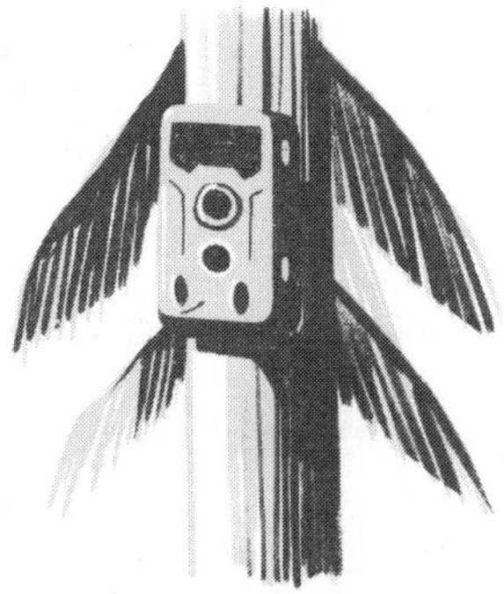

CHAPITRE 14

Le plus difficile arrive aussitôt après. Attendre, ils doivent attendre, longtemps. Les secours sont déjà en route. Il ne faut rien toucher, au risque de se brûler. Papy Hans, Olivia et les jumeaux restent là, désarmés.

Papy Hans a appelé les parents des enfants, il leur a expliqué ce qui s'était passé.

– On part tout de suite, a annoncé la mère des jumeaux, on sera là dans la matinée et je vous ramènerai à Genève.

Mais c'était sans compter la détermination des jumeaux : pas question d'abandonner Papy Hans ! À force d'arguments, Emma et Gabriel sont parvenus à rassurer leurs parents, qui ont accepté de les laisser poursuivre le séjour en montagne. Les parents d'Olivia se sont rangés à leur avis. Papy Hans et Mamie Margrit ont ensuite longuement échangé. Une phrase est revenue sans cesse : « L'important est que tout le monde aille bien. » Mamie Margrit va sortir le dossier d'assurance.

Depuis, c'est le silence.

C'est Julia qui les rejoint la première. Depuis leur passage chez elle, la bergère s'est procuré des sachets de thé, elle en apporte un thermos plein.

– Vous aviez peur que ça refroidisse ? demande Papy Hans.

La question sonne bizarrement ici, alors que de grandes fumerolles continuent à s'élever au-dessus du tas de matériaux brûlés.

Les épaules de Papy Hans s'agitent, le voilà soudain qui éclate de rire.

– Une petite boisson chaude, ça nous fera du bien !

Il est sincère, et la bergère rit à son tour. Olivia les imite et, par contagion, les jumeaux ont eux aussi mal au ventre à force de s'esclaffer. Comme ça fait du bien ! Emma sent la tension qui l'habite commencer à s'alléger. Gabriel ose parler sans avoir peur d'ajouter encore à la peine de son grand-père. Même Olivia a retrouvé tout son entrain à la perspective de récupérer bientôt sa peluche pieuvre.

– Vous savez ce qu'il s'est passé ? demande Julia.

– Aucune idée, répond Papy Hans, on n'a pas allumé de feu hier soir, on s'est éclairés grâce aux batteries des panneaux solaires. C'est incompréhensible.

Peu après, les pompiers sont sur place. Ils ont laissé leur camion sur le parking à une demi-heure de marche et évaluent la nécessité de faire intervenir un hélicoptère pour traiter la zone. Mais les matériaux ont fini de brûler, il ne reste plus rien qui pourrait se consumer. En l'absence de vent, il n'y a plus de danger.

Enfin, c'est au tour de Carrie de se joindre au groupe.

– Tout le monde va bien ?

– Oui, plus de peur que de mal, réplique Papy Hans.

– Eh ben… quelle histoire ! lui répond l'ornithologue. À votre place, après une aventure pareille, je n'aurais qu'une envie : tout vendre et me trouver un petit coin tranquille pour passer mes vacances !

Papy Hans secoue lentement la tête, de gauche à droite, de droite à gauche.

– Ce n'est pas un feu qui va me mettre à la porte de chez moi ! Ma femme doit déjà être en train d'appeler l'assurance. Ce chalet, j'y tiens.

– Vous devriez y réfléchir. Je connais un peu l'association qui achète les terres, ici. Vu votre situation, je suis sûre qu'elle pourrait augmenter son offre ! Je vais leur poser la question, je vous tiendrai au courant.

– Ce qu'il faudrait, dit Papy Hans, c'est qu'on sache comment le feu a commencé.

– Regardez, dit Gabriel, votre caméra est intacte, Carrie ! Elle a dû tout enregistrer, on va enfin comprendre ce qui s'est passé.

L'ornithologue bafouille, précisant que la caméra ne prend que des photos à intervalles programmés.

Mais alors que Gabriel se lève pour aller chercher l'appareil, elle le devance et demande à un pompier de l'aider à la détacher. Elle revient en marchant à tout petits pas dans leur direction. Les pouces sur les touches, elle visionne les images.

– Désolée, dit-elle, il n'y a rien.

– Faites voir ! demande Emma en tendant la main.

D'un geste brusque, Carrie écarte la caméra pour la placer hors de sa portée.

– Il vaut mieux ne pas trop y toucher, je vais donner tout ça à la police pour voir si on peut en tirer quelque chose. En attendant, je vais aller la mettre en sécurité.

Carrie s'en va, bientôt suivie de Julia, qui doit aller s'occuper de ses brebis. Des policiers arrivent sur les lieux. David est là lui aussi, désolé devant le tableau dévasté qu'il découvre.

Papy Hans récupère dans le coin cuisine épargné par les flammes de quoi préparer un petit déjeuner. Tous mangent de bon appétit.

– Vous feriez mieux d'aller vous balader, propose Papy Hans à ses petits-enfants. Ça va être long, ici, avec les formalités, les témoignages, l'inventaire… Allez vous amuser, oubliez tout ça, et soyez prudents, d'accord ?

CHAPITRE 15

S'amuser n'est pas chose facile après le grand choc du feu. David et les jumeaux sont montés jusqu'au bassin. Assis au bord de l'eau, ils regardent Olivia, qui jette des pierres en essayant de faire le plus d'éclaboussures possible.

– C'était pas un accident, énonce Gabriel après un long silence. On n'a pas fait de feu, on n'a rien qui chauffe, y a pas eu d'orage ni de foudre, et les panneaux solaires ne fabriquent pas d'électricité la nuit. Ça ne peut pas être un accident.

La conséquence de cette affirmation surgit dans tous les esprits.

– Donc, dit Emma, c'est quelqu'un qui a mis le feu. Mais qui ?

– Je suis sûr que c'est la soi-disant ornithologue, répond Gabriel. Celle qui ne sait pas reconnaître une buse, qui roule en 4 × 4 de ville, qui se barre avec la caméra. Depuis le début je la trouve bizarre.

– Hum, répond David, mais dans les films policiers, c'est jamais la personne qui a l'air la plus suspecte qui est coupable. C'est toujours celle qui aide les enquêteurs.

Emma et Gabriel se tournent vers lui, et croisent les bras.

David lève les mains en l'air en riant.

– Non mais arrêtez, c'est pas moi ! Je disais juste ça comme ça… Mais quand même, réfléchissez : elle n'a aucune raison de faire un truc pareil !

– Y a plein de raisons pour vouloir chasser des gens ! Elle a peut-être repéré une mine d'or sous le chalet, ou bien elle déteste les enfants, ou alors elle trouve qu'on a une sale tête ou…

– Bon, d'accord, l'interrompt David, ça pourrait être Carrie. Mais alors, c'est quoi votre plan ?

Les jumeaux ne se laissent pas troubler par la question.

– On va aller fouiller chez elle.

– Le seul problème, c'est qu'on ne sait pas où elle habite. Si on savait, je suis sûre qu'on trouverait des trucs pour l'accuser, comme sa tenue de tschäggättä.

– Non, ça c'est moi.

David se lève et époussette son short comme s'il s'apprêtait à partir. Devant le silence interloqué des jumeaux, il précise.

– C'est moi qui suis venu en tschäggättä, pour vous effrayer.

Et avant qu'Emma et Gabriel aient le temps de réagir, il ajoute :

– C'était avant de vous connaître, et j'ai de quoi me faire pardonner : je sais où trouver Carrie. Elle loge à l'hôtel Fafleralp, en bas. C'est pas tout à côté, donc si vous vous voulez y aller, faut pas traîner.

Une heure plus tard, après avoir confié Olivia à Papy Hans sous prétexte de partir faire une longue randonnée pour voir les chamois, David et les jumeaux dévalent à toutes jambes le sentier de terre qui mène à l'hôtel. Ce n'est qu'une fois arrivés sur place qu'ils se posent la question du mode opératoire.

– Toi qui sais tout, dit Emma à David, t'as une idée de comment on peut entrer dans une chambre d'hôtel sans être repéré ?

– Dans les films, c'est facile : t'en as un qui prend un uniforme de personnel d'entretien et une carte magnétique, l'autre qui fait le guet, et le troisième qu'attend dans la voiture. Et voilà. Sauf qu'on n'a pas de voiture.

Le petit groupe d'espions s'y prend finalement tout autrement. Prétextant l'oubli d'un téléphone, Emma demande à l'accueil le numéro de chambre de Carrie pour lui rapporter l'appareil. Son air innocent fait merveille. Une minute après, les trois complices montent au premier étage et collent leur oreille sur la porte numéro 14.

La voix étouffée qui leur parvient au travers du bois est celle de Carrie. Elle parle fort, comme si elle était en colère.

– Non ça ne suffit pas… Puisque je te dis qu'il s'obstine ! Têtu comme une mule, le vieux… Seulement si on frappe un grand coup… Du matos, bien sûr !… Tu me prends pour une spécialiste de guerre ?

Les nombreuses interruptions évoquent une conversation téléphonique. Quand Carrie raccroche, les trois espions communiquent par signes et décident de redescendre à l'accueil.

Mais ils n'ont pas le temps d'arriver jusqu'au bout du couloir. La porte 14 s'ouvre, et Carrie s'étonne de les voir.

– C'est vous ? Qu'est-ce que vous faites là ?

Emma sait qu'il faut répondre immédiatement, la moindre hésitation deviendrait suspecte. Mais que dire ? Elle prononce les premiers mots qui lui viennent à l'esprit.

– C'est notre grand-père.

Secrètement, elle espère que Gabriel réussira à inventer quelque chose derrière. C'est David qui empêche le silence de trop durer.

– Il voulait vous contacter.

Il faut enchaîner, dire quelque chose, n'importe quoi. Si le fonctionnement des neurones du cerveau faisait du bruit, ce serait un véritable vacarme qui résonnerait dans la tête des jumeaux et de David. Mais malgré leurs efforts, rien ne leur vient à l'esprit.

– Je sais, lâche Carrie, je lui avais dit de m'appeler à propos de la proposition d'achat des terres. Il a perdu son téléphone dans l'incendie ?

– Non, répond Gabriel, c'est le panneau solaire qui a brûlé, on ne peut plus brancher de chargeur.

– Alors vous allez lui ramener une excellente nouvelle ! Dites-lui que l'offre a augmenté de 50 %. Les gens de l'association ont compris la situation. Ils veulent aider à leur manière.

Sur l'instant, Gabriel et Emma sont soulagés. Carrie a trouvé d'elle-même une raison pour justifier leur présence ici. Ils la remercient et s'engouffrent dans l'ascenseur pour rejoindre l'accueil de l'hôtel.

Cachés dans le parking, pas très loin de la voiture de Papy Hans, les trois espions décident d'attendre que Carrie se montre pour aller fouiller ses affaires. À la fin de sa conversation téléphonique, elle a ouvert la porte de sa chambre, elle devait bien se rendre quelque part !

Les yeux fixés sur l'accès au bâtiment, ils réfléchissent ensemble. Cette nouvelle proposition d'achat constitue un indice de plus pour accuser Carrie. Si des gens sont prêts à payer cher pour ces terres, ce n'est peut-être pas seulement pour une raison d'écologie. Peut-être que le sous-sol regorge de matières coûteuses : de l'or ? du lithium ? du prométhium ou d'autres éléments rares en « -ium » dont les industriels auraient besoin pour fabriquer les smartphones, les ordinateurs et les batteries ?

– Ce serait bizarre, dit David, s'il y avait ce genre de ressources en Suisse, on le saurait déjà, vous croyez pas ?

– Y a forcément quelque chose là-bas. On ne met pas le feu quelque part sans raison !

Ils restent encore un long moment sur le parking à guetter l'entrée de l'hôtel. En vain, Carrie ne se montre pas.

– Va falloir y aller, dit David, sinon votre grand-père va s'inquiéter.

CHAPITRE 16

Dans l'air de l'alpage flotte encore le parfum piquant du bois brûlé. Les pompiers sont partis, Papy Hans et Olivia jouent avec une doudoune tassée dans sa pochette en guise de ballon.

En s'approchant, Emma sent son cœur se serrer. Son grand-père a les traits tirés, il paraît si fatigué, si triste ! Ses cris d'encouragement pour inciter Olivia à lancer la balle dans le cercle qu'il a tracé au sol sonnent faux.

Au dîner, il frotte son visage des deux mains, croise les doigts comme pour une prière et leur annonce la mauvaise nouvelle.

– L'assurance ne va pas rembourser. Je suis désolé.

– Faut pas être désolé, Papy Hans, dit Emma.

– C'est pas si grave, ajoute Gabriel.

– Je n'ai plus assez d'économies pour racheter les matériaux, financer l'hélico, payer les jours de travail de Markus. C'est fini pour le chalet.

Il pousse un grand soupir, puis reprend sa respiration pour annoncer avec un air qu'il voudrait enjoué.

– Tu as raison, Gabriel, ce n'est pas si grave. Je vais vendre. Avec l'argent, on pourra acheter une petite maison pour les vacances.

Emma sent un poids lui comprimer le cœur. Elle ne veut pas que Papy Hans vende l'alpage. Ce lieu n'est pas n'importe quel lieu, c'est l'endroit où a vécu la famille de Papy. Elle sait combien c'est primordial pour lui.

Gabriel réfléchit. La tristesse l'a saisi, lui aussi. Quand il annoncera que l'offre d'achat a augmenté, Papy Hans l'acceptera. Il vendra le chalet.

Ce n'est pas juste, songent les jumeaux. Comment pourraient-ils être heureux de partager des vacances avec leurs grands-parents s'ils savent que c'est au prix du sacrifice de l'alpage ?

La mort dans l'âme, Emma révèle l'information.

– Carrie nous a transmis un message pour toi. L'offre d'achat a augmenté de 50 %.

– C'est super ! dit Papy Hans. On va trouver un coin sympa, avec une piscine peut-être.

À nouveau, il essaie d'afficher un air réjoui, mais c'est un piètre acteur. Son sourire forcé s'efface peu à peu pour laisser la place à son émotion réelle, une grande tristesse.

Olivia monte sur ses genoux, pose ses deux mains sur ses joues.

– Faut pas que t'es triste, Papy !

Gabriel et Emma s'approchent eux aussi, et s'assoient de part et d'autre de leur grand-père.

– On s'en fiche d'avoir une maison sympa avec une piscine ! dit Emma.

– Pour une fois, je suis d'accord avec Emma ! Regarde comme on est bien ici, s'exclame Gabriel en désignant les alentours d'un geste du bras. On n'a pas besoin du chalet, les tentes nous suffisent !

– Moi, j'adore le camping ! ajoute Emma. Et puis, il y a les montagnes, y a Julia et les moutons, y a David, y a le bassin qu'on a aménagé, on ne va pas quitter tout ça juste à cause d'un incendie !

– Vous êtes gentils, mais je vois bien que vous dites ça pour me faire plaisir.

Olivia s'agite pour mieux s'installer sur les genoux de son grand-père. De sa poche, elle sort une barre chocolatée.

– On partage ? propose-t-elle.

– Sur le long terme, ce ne serait pas de bonnes vacances ici, poursuit Papy Hans, avec juste une toile de tente pour se protéger de la pluie, sans four pour cuire des gâteaux au chocolat, sans confort, à devoir aller faire ses besoins dans un trou creusé au pied des sapins.

– On aurait bien plus que ça, Papy ! Tu n'as pas écouté Olivia ? Le partage ! C'est ce qu'on veut : partager des moments ensemble. Voilà ce qui compte. Le reste… on l'a déjà toute l'année, on s'en passera très bien !

À cet instant, ils voient apparaître Markus sur le sentier. Leur chauffeur, qui devait aider Papy Hans à reconstruire le chalet, est venu aux nouvelles. Le grand-père l'informe de la situation. Ils parlent longuement, avec beaucoup de silences. Markus est navré de tout ce qui est arrivé.

– Si vous avez besoin de quelque chose, annonce-t-il en se préparant à repartir, vous me dites, je me débrouillerai !

Papy Hans et les enfants l'accompagnent un bout de chemin.

– J'oubliais ! dit Markus au moment de se séparer. La femme qui observe les oiseaux, Carrie quelque chose, elle m'a demandé de vous dire que l'offre d'achat de l'alpage avait augmenté.

– Je sais, dit Papy Hans.

Markus hoche la tête longuement, les yeux fixés sur ses chaussures. Il hésite un moment puis finit par poser sa question.

– Vous allez vendre ?

Papy Hans s'arrête, plante son regard dans celui de Markus. Les jumeaux le voient se transformer. Il se redresse, il est plus grand, plus droit, plus jeune.

– Non, je ne vends pas.

– Youhou !

Le cri de victoire de Gabriel résonne dans la forêt, bientôt suivi par ceux d'Emma et d'Olivia.

Markus sourit et tapote l'épaule de Papy Hans.

– Il va falloir que vous appreniez aux gamins comment sculpter un masque de tschäggättä. C'est ce qu'on fait quand on est d'ici !

Après avoir fait demi-tour pour regagner le chalet, Emma et Gabriel prennent les mains d'Olivia et de Papy Hans dans les leurs. L'un et l'autre sont trop grands pour avoir besoin de donner la main à un adulte, mais il se passe quelque chose en cet instant. Une complicité, une compréhension. Tous les quatre se sentent unis, une famille.

– Demain, vous m'emmenez visiter votre bassin ? propose Papy Hans. J'ai bien envie d'y plonger les pieds !

– Faudra mettre tes chaussettes chaudes, conseille Olivia, parce que l'eau, elle est glacée !

CHAPITRE 17

La nuit ne s'est pas si mal passée. Après le choc du grand incendie de la veille, Papy Hans et ses trois petits-enfants étaient si épuisés qu'ils ont dormi d'une traite jusque bien après le lever du soleil. Céréales, crêpes au chocolat, lait à la vanille, après un petit déjeuner roboratif, les voilà partis en direction du bassin.

Mais après une dizaine de minutes à grimper dans les alpages, Papy Hans s'aperçoit qu'il a oublié son téléphone à côté du réchaud de la cuisine.

– Ne bougez pas, je n'en ai pas pour longtemps à aller le chercher. Ce serait dommage de ne pas pouvoir envoyer de photos à Mamie Margrit !

– Mais on a les nôtres, dit Emma, ils prennent des photos aussi.

– Je sais bien, mais je veux en profiter pour localiser le bassin sur mon appli de rando.

Il redescend, allongeant le pas jusqu'à presque courir. En arrivant à proximité du chalet, il se retourne et adresse un grand coucou à ses petits-enfants. Son geste du bras s'arrête à mi-parcours. Un grondement sourd vient de faire trembler l'air matinal. Les jumeaux regardent vers le sommet, d'où provient le bruit. Gabriel est le premier à comprendre.

– Une avalanche !

Sans même prendre le temps de se concerter, Emma et Gabriel attrapent chacun une main d'Olivia et courent à toute allure se réfugier sous l'énorme rocher planté le long du sentier à proximité.

Lorsqu'ils y parviennent, ils baissent les yeux vers le chalet. Papy Hans est en train de se précipiter vers les ruines. Au même instant, une énorme vague blanche se déverse avec fracas le long de la pente. En moins de cinq secondes, elle déferle jusqu'au chalet et le fait disparaître dans un nuage de glace.

Quand le terrifiant grondement cesse, il ne reste que le poteau de pierre le plus haut qui émerge encore de la neige.

Les jumeaux resserrent leur étreinte sur la main d'Olivia. Ni l'une ni les autres ne crient. Leur abri, situé en dehors du couloir avalancheux, a été épargné.

Le silence est trop grand. Tous les trois sont figés, incapables de détacher leurs yeux du tapis blanc qui a recouvert l'alpage. Ils attendent, comme s'ils pouvaient suspendre le temps en évitant de bouger, de parler, presque de respirer.

De longues secondes passent, et l'évidence est là : il n'y a là-bas aucun mouvement. Les jumeaux ne disent pas un mot, comme si parler de la disparition de leur grand-père la rendrait réelle. C'est Olivia qui soudain se met à crier, paniquée :

– Il est où, Papy Hans, il est où ?

Ces mots font l'effet d'un détonateur.

– On y va ! s'exclame Emma.

Les trois cousins dévalent la pente aussi vite qu'ils le peuvent jusqu'à arriver au niveau du chalet. Une langue de neige d'une trentaine de mètres les sépare désormais de l'emplacement des ruines.

– J'appelle les secours en montagne, dit Emma, reste avec moi, Olivia.

Tandis qu'elle pianote le 144 sur son clavier, Gabriel s'avance sur le tas glacé.

– Papy ! hurle-t-il avec ses mains en porte-voix. Ohé, Papy !

Seul un oiseau chante dans les sapins voisins.

Il y a urgence. Les victimes d'avalanche ne survivent pas longtemps sous la neige, chaque seconde compte. En moins de trois minutes, les jumeaux se sont organisés. Avec leurs vêtements de pluie, ils ont formé un tapis au niveau du chalet sur lequel Olivia s'est installée. Ils ont coupé et taillé en pointe deux longues et fines branches de sapin. Emma a déjà vu à la télé la manière dont les sauveteurs fouillent les avalanches : placés en ligne, ils enfoncent des tiges dans l'espoir qu'elles butent sur une victime. Tous les deux procèdent de la même manière : ils avancent côte à côte et plantent leurs branches tous les cinquante centimètres.

La sonnerie du téléphone de Gabriel retentit dans son sac à dos, à côté d'Olivia. Inconsciemment, les jumeaux calent leurs gestes sur le rythme de la petite musique dansante.

David les rejoint. Il a entendu l'avalanche en les attendant au bassin, et s'est précipité pour venir les aider. À son tour, il s'équipe d'une tige de bois et commence à sonder le sol.

La fatigue s'installe très vite. La neige et la glace ont emporté avec elles quantité de cailloux et de mottes de terre. La fouille épuise les bras, qui finissent par se tétaniser.

– À trois, on n'y parviendra pas, constate Emma, on n'est pas assez nombreux.

– Mais les secours arrivent, dit Gabriel, tu sais bien.

Elle soupire. Faut-il qu'elle révèle à son frère les sombres perspectives qui défilent dans sa tête ? Le documentaire qu'elle a vu à la télévision rappelait le pourcentage de victimes extraites vivantes d'une avalanche : un nombre qu'elle préférerait ne pas connaître tant il est faible.

Une nouvelle sonnerie retentit, celle d'Emma cette fois.

– C'est peut-être les secours ? Olivia, regarde mon écran ! Tu vois quoi ?

Olivia sort l'appareil de la poche de veste de sa cousine.

– Papy Hans !

La sonnerie s'arrête.

– Tu vois bien qu'on le cherche ! répond Gabriel. Dis-nous ce qu'il y avait sur l'écran.

– J'ai déjà dit : y avait la photo de Papy Hans.

Après une seconde de stupéfaction, les jumeaux se précipitent vers elle. Emma attrape son téléphone.

– C'est lui ! C'est Papy !

Elle lance le rappel, branche le haut-parleur et aussitôt la voix de leur grand-père résonne dans le combiné.

– Emma ? C'est moi ! Est-ce que ça va ? Gabriel, Olivia ?

– Tout va bien, on n'a rien.

Un immense soupir fait trembler le téléphone.

– Et toi ? demande Emma.

– Ne vous inquiétez pas, je vais bien ! Je vais même très bien !

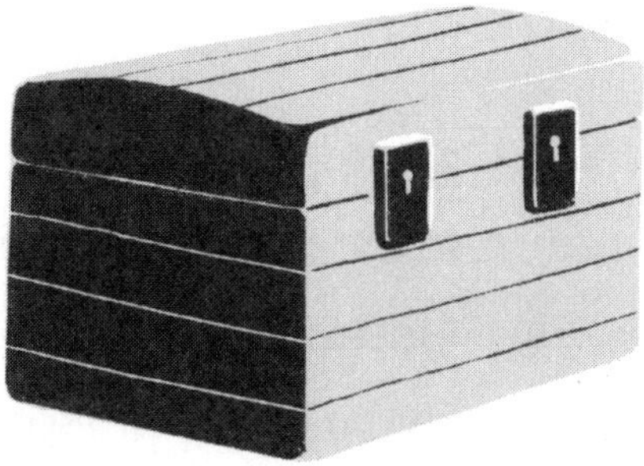

CHAPITRE 18

Quel soulagement ! Un large sourire éclaire les visages des trois cousins et de leur ami David tandis qu'ils écoutent le grand-père leur décrire où il se trouve.

– Il y a une cave, sous le chalet !

Il explique comment le souffle de l'avalanche a soulevé la lourde trappe en mélèze qui en fermait l'accès.

– Elle était recouverte de terre et de végétation, personne n'aurait pu deviner qu'il y avait là une pièce souterraine. Les murs sont bâtis en pierre, c'est incroyable !

Mais Papy Hans met rapidement fin à l'échange. Il préfère garder de la batterie pour le moment où les secours arriveront sur le site.

L'hélicoptère se pose peu après. La première à en sortir est une femme avec son chien spécialisé en recherche de victimes. Quatre hommes la rejoignent, puis à nouveau cinq personnes ramenées par l'hélicoptère lors d'un second passage. Il faut près d'une heure pour repérer, sécuriser et dégager l'accès à la cave.

À peine hors de son abri, Papy Hans se jette à genoux devant ses petits-enfants pour les prendre dans ses bras.

– Vous avez dû avoir si peur !

Que d'émotions dans ces retrouvailles ! Même les sauveteurs ont la larme à l'œil. On mesure dans le tremblement de la voix du grand-père la terreur qu'il a ressentie de savoir ses petits-enfants emportés par l'avalanche. Son soulagement s'entend dans les paroles de gratitude qu'il distribue à tous. « Merci », « merci », « merci », il ne s'arrête plus de remercier.

Tandis que les professionnels sécurisent la zone et qu'un groupe monte vérifier qu'il n'y a plus de risque d'une deuxième coulée, Gabriel, Emma et Papy Hans se glissent dans le tunnel de neige qui mène désormais à la cave. À la lumière de la lampe de leur téléphone, les jumeaux découvrent des étagères, sur lesquelles sont alignées de grandes malles de bois.

Papy Hans soulève quelques couvercles.

– Quand mon père est venu vendre la maison de famille de la vallée, il a dû monter ces malles ici. C'est incroyable, il y a des photos, des sculptures en bois, du linge brodé.

– Oh, regardez !

Papy Hans et Gabriel se penchent sur la boîte qu'Emma vient d'ouvrir. Elle en sort des vêtements colorés orange et bleu.

– C'est une tenue des gardes du Vatican, ça devait être celle de mon grand-père. C'est fou qu'elle soit arrivée intacte jusque-là. Je ne sais pas ce qu'on va trouver dans les autres malles, mais…

Il s'interrompt, la gorge serrée.

– Désolé, j'ai du mal à parler.

Les jumeaux voient combien il est ému face à ces souvenirs retrouvés. Lui qui pensait n'avoir que des terres d'alpage pour renouer avec ses ancêtres dispose désormais de dizaines de caisses de bois à explorer !

– Quand j'avais votre âge, mon père ne parlait presque jamais de sa famille, ou de ma mère, j'avais l'impression de ne pas avoir de passé. Je suis un vieux bonhomme, mais l'âge ne change rien : on a tous besoin de savoir d'où on vient.

– Là, tu vas avoir de quoi faire ! dit Gabriel.

Ils passent encore un moment à découvrir le contenu des malles : une boîte à musique, beaucoup d'outils de sculpture, des pipes, une pierre à aiguiser...

Puis il est temps de revenir à la surface.

Les sauveteurs remballent leur matériel, regroupent les pelles, chargent l'ensemble dans l'hélicoptère.

Suivie par Papy Hans, la responsable du groupe d'intervention marche vers l'engin.

– Foutu réchauffement climatique, je crois bien que c'est la première fois qu'il y a une coulée de neige ici.

– N'accusez pas le climat, l'avalanche a été provoquée.

La responsable pivote sur ses talons pour mieux regarder le grand-père. Elle s'interroge : peut-être que ce vieux monsieur a reçu un coup à la tête pendant la coulée de neige ? Peut-être faudrait-il l'évacuer vers un hôpital ?

– Je ne suis pas fou, se défend Papy Hans, il y a eu une explosion, juste avant que l'avalanche se déclenche. Je suis artificier, alors je sais de quoi je parle !

Il soutient son regard jusqu'à ce que la responsable soit convaincue qu'il a toute sa tête.

– OK, dit-elle, on va prévenir la police. On descend tout le monde dans la vallée ? L'hôtel Fafleralp a proposé de vous héberger gratuitement.

– C'est vraiment gentil, dit Papy Hans, on va avoir besoin de se poser un peu.

– TROP COOL !

Les jumeaux et Olivia se donnent la main, improvisant une danse sur la neige tassée.

– On va l'avoir, finalement, notre baptême de l'air !

CHAPITRE 19

Jamais les trois cousins n'ont vécu autant d'émotions en une seule journée.

À peine le temps d'un déjeuner, et la police arrive déjà pour interroger Papy Hans. Tous s'installent dans le petit salon que l'hôtel a mis à leur disposition, juste à côté de la salle à manger. Rapidement, l'enquêteur en chef se tourne vers les jumeaux, qui évoquent leurs doutes sur les agissements de Carrie.

Les indices qui l'accusent sont nombreux, mais il manque le motif. Pourquoi aurait-elle mis en danger la vie de quatre personnes, dont des enfants, alors que la terre de l'alpage est à peine assez fertile pour nourrir quelques brebis ?

La chambre de Carrie à l'hôtel est fouillée. Les policiers ne trouvent que des ouvrages sur les oiseaux ainsi qu'un matériel high-tech d'observation : jumelles, télescope portable, appareil photo. Tout le nécessaire de la parfaite ornithologue.

Quand David les rejoint après être descendu à pied faute de place dans l'hélicoptère, les policiers font une annonce à Carrie. Son témoignage est achevé, elle est libre d'aller où elle veut.

Emma enrage. C'est cette femme qui a fait ça, elle en est certaine ! Et à voir les regards mauvais que lui lance Gabriel, son frère pense la même chose. Tout sonne faux, chez elle : son sourire, les mots compatissants qu'elle adresse à Papy Hans, sa bonne volonté pour aider les policiers dans leur enquête.

Carrie se lève et se dirige vers la porte du petit salon.

– Ils la libèrent ? chuchote David à l'oreille des jumeaux.

– Ils n'ont rien trouvé dans sa chambre, répond Gabriel.

– Vous avez fouillé la cabane de l'Albert ?

Chapitre 19

Cette fois, c'est à voix haute que David a parlé.

L'espoir renaît : les jumeaux repèrent une réaction fugace de peur chez Carrie.

L'enquêteur en chef demande à David de s'expliquer.

– C'est la cabane du côté de l'alpage où la végétation a jauni. J'ai vu Carrie y entrer et en sortir plusieurs fois.

Trop tard !

Carrie s'est enfuie. Elle a déjà franchi la porte du petit salon. Elle traverse le hall en courant, dévale l'allée qui descend jusqu'au parking, démarre le gros 4 × 4 garé là.

Trois policiers sont à ses trousses. Ils se placent en travers de la route pour arrêter le véhicule. Carrie fonce sur eux, pied au plancher. Ils s'écartent juste à temps pour ne pas être écrasés.

Les trois policiers se ruent vers leur voiture et se lancent à la poursuite du véhicule. Encouragé par les jumeaux, Papy Hans se précipite à son tour vers sa berline. Le temps d'attacher les ceintures et de boucler Olivia dans son siège auto, et c'est parti !

À chaque tournant, les jumeaux aperçoivent la voiture de la police puis celle de Carrie. Le 4 × 4 de la soi-disant ornithologue les distance peu à peu. La femme roule mieux qu'un pilote de rallye, négociant chaque virage au plus juste, écrasant l'accélérateur dès la courbe de la route passée.

Le cœur des jumeaux bat la chamade.

– Elle va réussir à s'échapper ! s'écrie Gabriel.

Mais un strident crissement de pneus se fait entendre quelques secondes après. Carrie s'est retrouvée en face d'un bus de randonneurs. La route de montagne est trop étroite pour s'y croiser. Elle n'a d'autre choix que d'écraser le frein.

Elle saute du 4 × 4, dévale la pente qui borde la route en coupant à travers l'alpage. Mais les policiers l'ont imitée, et la rattrapent.

La voilà arrêtée, menottée et installée dans la voiture de la police. L'un des agents prend le volant du 4 × 4. Papy Hans recule jusqu'à trouver un endroit où faire demi-tour. Les deux autres véhicules l'imitent. Bientôt, tout le monde se retrouve dans le petit salon de l'hôtel, où Carrie doit être interrogée.

Chapitre 19

Impossible de reconnaître la Carrie que les trois cousins et Papy Hans connaissent. La femme qui s'avance dans le salon leur jette un regard glacé si empli de haine que les jumeaux en ont la chair de poule. Pour un peu, on la croirait capable de se précipiter sur eux pour les dévorer !

Papy Hans n'exprime aucune peur, au contraire, il va à sa rencontre.

– Pourquoi ? Vous vous rendez compte que cette avalanche aurait pu tous nous tuer ?

– C'est votre faute ! J'avais remis ma caméra en place pour vérifier qu'il n'y avait personne au moment où je déclenchais l'explosion, je ne pouvais pas deviner que vous alliez faire demi-tour.

– Mais ça n'a aucun sens ! Qu'est-ce que vous aviez à gagner en provoquant une avalanche ?

– Mais votre départ, évidemment ! Vous étiez le dernier à ne pas m'avoir vendu votre terrain. Ça fait trois ans que je travaille sur ce projet, trois ans que je pilote des drones toute la nuit pour répandre du désherbant chimique sur les alpages, trois ans que j'empoisonne l'eau des moutons, trois ans que je convaincs les gens de me céder leurs terres. Et vous, vous débarquez, et vous foutez tout en l'air !

– Des drones ! murmure Gabriel à l'oreille d'Emma. C'est eux qu'on entendait la nuit.

Carrie toise la policière qui lui indique le siège sur lequel elle doit s'asseoir pour être interrogée. Puis soudain, elle pousse un soupir, secoue la tête et lui obéit. Vaincue.

– Ce n'était pourtant pas bien compliqué d'accepter l'offre que j'avais faite. Le prix était avantageux, tout le monde aurait été content. Vous avez ruiné ma vie !

Il faut encore près d'une heure d'interrogatoire avant que Carrie révèle toute la vérité. Elle ne s'appelle pas Carrie, elle n'est pas ornithologue, il n'y a jamais eu d'association à vocation écologique pour acheter les alpages. Tout cela n'est qu'un énorme mensonge.

– Les gens ne se rendent pas compte de l'or qu'ils ont sous les pieds ! dit-elle.

– Il n'y a pas d'or, ici, souffle Papy Hans, c'est impossible d'un point de vue géologique.

– Je ne parle pas de véritable or. De nos jours, l'or, c'est l'eau, c'est la terre. Ici, il y a d'énormes glaciers, et tout ce qu'on fait, c'est les regarder fondre ! Moi, j'avais un projet pour eux. J'aurais découpé les glaciers en milliards de glaçons, je les aurais vendus aux influenceurs de Dubai, aux riches Américains, aux Russes multimilliardaires. Ils auraient aussi acheté des tapis d'alpage, un carré de dix centimètres de côté sous une cloche de verre, pour faire pousser un brin de génépi et un edelweiss sur les tables de leurs salons. On aurait vu ça partout sur Instagram ! Bien sûr, les tarifs auraient été prohibitifs, des glaçons et des morceaux de terre de luxe. Le voilà, mon projet, j'allais devenir riche comme personne ne l'a jamais été !

Le bruit soudain d'un poing tapant sur la table fait sursauter tout le monde. D'un geste sur son épaule, un policier maintient Carrie assise sur sa chaise. La colère anime la suspecte, elle pointe un doigt accusateur vers Papy Hans.

– Et vous… vous… Avec vos trois tentes et votre bout de chalet déglingué… Vous avez tout gâché.

Emma regarde celle qui se fait appeler Carrie tandis que, narines écartées, tête redressée, la femme martèle ce projet qui l'a guidée : devenir riche. Emma devrait lui en vouloir pour l'incendie, pour l'avalanche, mais ce qu'elle ressent, c'est de la pitié.

Papy Hans demande aux jumeaux d'emmener Olivia hors de la pièce. Même si Gabriel et Emma auraient aimé continuer à écouter l'interrogatoire, ils obéissent. Leur petite cousine pourrait être traumatisée par une femme pareille !

– On ne s'était pas trompés, constate Gabriel en quittant la pièce, c'était bien elle, la responsable.

– La prochaine fois, on écoutera mieux notre instinct ! s'exclame Emma. On a toutes les qualités des bons enquêteurs.

– Oui, enfin… moi surtout, parce que toi…

– Quoi, moi ?

Et c'est parti pour une nouvelle séance de pseudo-bagarre. Olivia, qui désormais connaît bien ses cousins, s'amuse à les voir se disputer. En imitant une voix d'adulte, la petite fille fait semblant de se fâcher :

– C'est pas bientôt fini ? Ça suffit, les disputes !

Emma et Gabriel éclatent de rire et tous les trois sortent du bâtiment.

Le reste de l'après-midi se déroule ainsi, d'abord à jouer dehors, puis dans la chambre quand la fatigue arrive. Le soir, la directrice de l'hôtel leur propose une fondue qu'ils dévorent avec bon appétit. Ce n'est que trois jours plus tard que Papy Hans et les trois cousins retournent à pied au chalet.

Là-haut, tout a changé.

CHAPITRE 20

Quand Papy Hans franchit les derniers sapins avant l'alpage du chalet, il s'arrête. Les trois cousins regardent avec lui le spectacle de désolation qui s'offre à eux.

La neige de l'avalanche a partiellement fondu, dévoilant de grandes traînées noirâtres laissées par les cendres de l'incendie. Il n'y a plus ni herbe ni fleurs, juste un magma de boue gorgée d'eau. Du chalet, il ne reste que les quatre piliers de pierre et la trappe de la cave. Des morceaux de toile de tente parsèment les lieux de quelques touches de couleur informes.

Du bout du pied, Papy Hans fait rouler un objet bleu sur le sentier. On reconnaît à peine le réchaud à gaz.

– J'aurais voulu que les choses se passent autrement, soupire-t-il. Il va y avoir un procès, mais Carrie n'aura sûrement pas de quoi me rembourser ce qu'elle a détruit.

Tous les quatre avancent vers l'emplacement du chalet. Gabriel ne dit rien de la déception qu'il ressent. Papy Hans est déjà bien assez triste comme ça. Les jumeaux ne peuvent pas lui révéler combien eux aussi auraient aimé partager le projet de reconstruction, passer des étés à clouer des planches, à porter des pierres, à manger des marshmallows grillés pendant les soirées en jouant à des jeux de société.

Durant deux heures, ils fouillent les environs à la recherche des objets que l'avalanche a emportés. Heureusement qu'Olivia ne s'était pas séparée de sa peluche pieuvre, car tout le contenu de leurs sacs a été écrasé, déchiqueté et dispersé aux quatre vents.

L'ambiance, sinistre et sombre, contraste avec la lumière que le soleil déverse généreusement.

– Je crois que ce n'est pas la peine de continuer à chercher, dit Papy Hans. Il vaudrait mieux qu'on redescende à l'hôtel. J'ai prévenu Mamie Margrit : si on part après le déjeuner, on sera de retour à Genève à temps pour le goûter.

Personne ne prononce un mot. Même la petite Olivia a perdu sa joie de vivre. Le groupe se met en route, mais s'arrête aussitôt.

Là, sur le sentier, Markus avance, une poutre sur l'épaule. Derrière lui, une femme en porte la deuxième extrémité. On discerne un peu plus loin des chevaux qui marchent au pas en traînant des matériaux derrière eux. D'autres personnes chargées d'outils montent le long du chemin.

Papy Hans ne comprend pas.

– Qu'est-ce que vous faites là ?

– Quand David m'a dit ce qui s'était passé, explique Markus, j'en ai parlé au village. Vous savez comment on faisait dans le temps pour construire les chalets d'alpage ? Il n'y avait pas de 4 × 4, pas d'hélico, alors tout le village s'y mettait ! On s'est dit qu'on pourrait voir si ça fonctionnait encore. J'avais des planches, mon voisin avait des poutres, un autre des tuiles. Et on s'y connaît un peu en bâtiment. Alors nous voilà…

Papy Hans hoche la tête. Emma serre sa main dans la sienne. Il est si ému qu'il ne parvient plus à parler. Il a soudain l'impression de vivre un de ces films de Noël où tout se termine bien.

Markus lui sourit puis passe devant lui. De sa lente démarche de montagnard, il avance jusqu'au chalet, près duquel il dépose sa charge. Tous les autres le suivent, les chevaux aussi.

Il y a là assez de matériaux pour tout reconstruire.

– On commence par quoi ? demande Markus.

– Par dégager les fondations, pour s'assurer qu'elles sont solides, suggère Gabriel.

Markus tend la paume de sa main vers lui, Gabriel « checke », imité par Emma et par Olivia.

– Moi, je veux une balançoire dans le chalet ! dit-elle.

Papy Hans lui embrasse le front.

– Tu l'auras, ma chérie.

Dans l'air frais de l'alpage, on entend tinter les clochettes des moutons. L'eau du glacier coule dans le ruisseau, reflétant les rayons d'un soleil radieux, donnant aux simples cailloux de son lit l'aspect brillant des pierres précieuses. Sapins et fleurs dressés vers le ciel transforment cette lumière en sève et en oxygène. Là-haut, tout près du sommet, une marmotte se dresse sur ses pattes arrière, à l'affût. Que l'ombre d'un oiseau apparaisse et elle sonnera l'alerte.

Emma et Gabriel se sentent à leur place, chez eux dans la montagne.

Qui est Papy Hans ? Aujourd'hui, il n'y a plus de mystère. C'est leur grand-père. Et ils en sont fiers.

DES BLEUS AU CARTABLE

Muriel Zürcher

© Sébastien Pelon

La rentrée en sixième n'est pas toujours facile.

Dès le premier jour, Ralph fait de Lana son bouc émissaire et tous les moyens sont bons pour la tourmenter. Zélie, elle, préfère regarder ailleurs ; pas question d'être une balance, surtout quand on veut être aimée et populaire dans sa classe. Lana va- t-elle se laisser faire ? Et pourquoi Ralph agit- il ainsi ?

Tour à tour, Lana, Ralph et Zélie racontent l'histoire.

#SAUVERLOU

Muriel Zürcher

© Laure Ngo

Elles n'auraient jamais dû être là…
Une seule solution : fuir pour survivre.

Alors qu'elles passent la nuit dans la forêt, Romane et sa petite sœur Lou sont témoins d'un règlement de comptes entre braqueurs. L'homme qui se fait assassiner a le temps de leur confier le lieu secret du butin. Elles craignent désormais pour leur vie ! Poursuivies par le meurtrier, elles voient leur cavale les pousser jusqu'aux côtes normandes. Même si elle risque beaucoup, Romane a un plan : elle compte trouver l'argent volé, pour financer une opération qui pourrait sauver sa sœur malade…

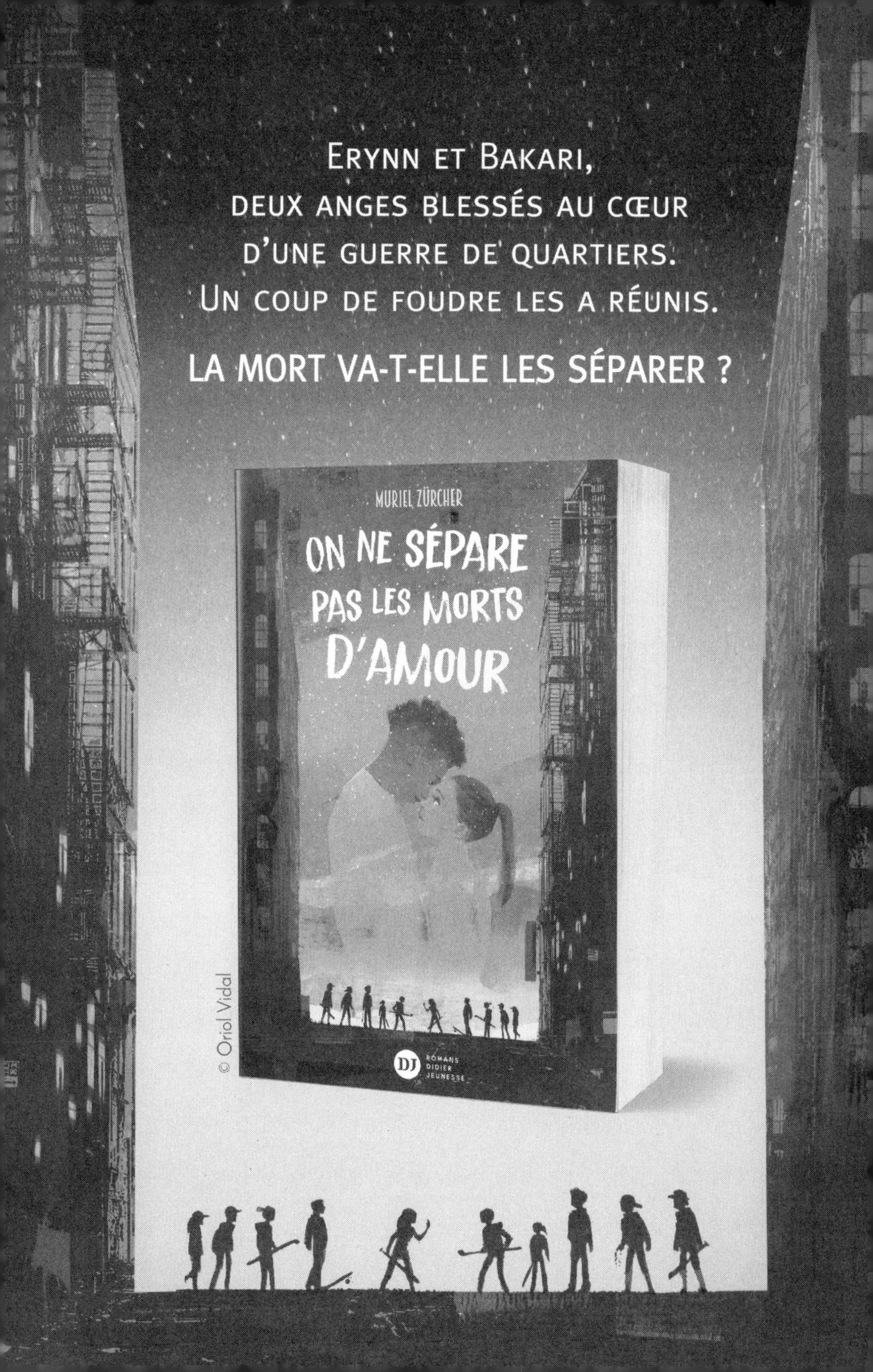
Erynn et Bakari,
deux anges blessés au cœur
d'une guerre de quartiers.
Un coup de foudre les a réunis.
LA MORT VA-T-ELLE LES SÉPARER ?
MURIEL ZÜRCHER
ON NE SÉPARE PAS LES MORTS D'AMOUR
DJ ROMANS DIDIER JEUNESSE
© Oriol Vidal

La popularité de Léonie tient en trois syllabes : Tatara. Avec cette petite chienne, elle fait craquer tous les abonnés de son compte TakTam ! Sa célébrité l'a conduite à Dubaï, aux côtés d'influenceurs aussi ambitieux qu'elle.

Devant la caméra, Léonie respire le bonheur et la gloire. Mais la réalité est bien différente : son agente est obsédée par les chiffres, et sa vie de rêve est rythmée par les mises en scène. Alors quand Tatara déclare une allergie aux teintures et que Léonie se retrouve en concurrence avec les autres talents de son agence, tout s'effondre.

Quels sacrifices est-elle prête à faire pour rester dans la ville de tous les possibles ?

58, rue Jean-Bleuzen
92170 Vanves
www.didier-jeunesse.com
Illustrations : Sébastien Pelon
Graphisme des bonus : Éléonore Joubaire
Composition, mise en pages et photogravure : IGS-CP (16)
ISBN : 978-2-278-12088-8 • Dépôt légal : 2088/05
N° d'impression : 2504509
Loi n° 49-956 du 16 juillet 1949 sur les publications destinées à la jeunesse

Achevé d'imprimer en France, à Alençon, en octobre 2025, chez Normandie Roto Impression s.a.s., imprimeur labellisé Imprim'Vert, sur papier composé de fibres naturelles renouvelables, recyclables, fabriquées à partir de bois issus de forêts gérées durablement.